冯骥才 / 著

俗世奇人

作家出版社

肆

图书在版编目（CIP）数据

俗世奇人.肆 / 冯骥才 著. -- 北京：作家出版社，2023.1
（2024.4重印）

ISBN 978-7-5212-2085-8

Ⅰ.①俗… Ⅱ.①冯… Ⅲ.①短篇小说 - 小说集 - 中国 -
当代 Ⅳ.①I247.7

中国版本图书馆CIP数据核字（2022）第202256号

俗世奇人（肆）

作　　者：冯骥才
策划编辑：钱　英
责任编辑：杨新月
装帧设计：⑤合和工作室
书名、篇目题字：孙伯翔
出版发行：作家出版社有限公司
社　　址：北京农展馆南里10号　　邮　　编：100125
电话传真：86-10-65067186（发行中心及邮购部）
　　　　　86-10-65004079（总编室）
E-mail:zuojia@zuojia.net.cn
http://www.ZUOJIACHUBANSHE.com
印　　刷：三河市北燕印装有限公司
成品尺寸：152×230
字　　数：106千字
印　　张：11.75
印　　数：330001-360000
版　　次：2023年1月第1版
印　　次：2024年4月第9次印刷
ISBN 978-7-5212-2085-8
定　　价：22.00元

目 录

写作成瘾（短序） 第壹页

篇 首 歌 第叁页

万 年 青 第伍页

抱 小 姐 第拾伍页

欢 喜 第贰拾伍页

洋（杨）掌柜 第叁拾叁页

瓜 皮 帽 第肆拾壹页

小尊王五 第伍拾壹页

谢 二 虎 第伍拾玖页

齐眉穗儿 第柒拾壹页

秦 六 枝 第捌拾壹页

田 大 头 第玖拾壹页

侯老奶奶 第壹佰零壹页

查 理 父 子 第壹佰壹拾壹页

绿袍神仙 第壹佰壹拾玖页

胡 天 第壹佰贰拾柒页

泡 泡 糖 第壹佰叁拾柒页

歪 脖 李 第壹佰肆拾伍页

罐 儿 第壹佰伍拾伍页

罗 罗 锅 第壹佰陆拾叁页

跋 语 第壹佰柒拾叁页

《醒俗画报》（插图解释） 第壹佰柒拾陆页

写作成瘾（短序）

凡上瘾的事总放不下，总要一再拿起来。难道我写《俗世奇人》也会上瘾？为什么写完了——又写，再写，还写？

写作是心灵的事业，不能说成瘾，但我承认自己写《俗世奇人》已经成瘾，因为这文本太过另类。我写别的小说都不会这样。只要动笔一写《俗世奇人》，就会立即掉进清末民初的老天津。吃喝穿戴，言谈话语，举手投足，都是那时天津卫很各色的一套，而且所有这一切全都活龙鲜健、挤眉弄眼，叫我美美地陷入其中。有人会说，别人写作时不也是这样吗？不也是扎进自己想象中特定的时空里？

可《俗世奇人》还是有点不同。

它对我的诱惑不只是小说里的

市井百态和奇人奇事，更是一种极酷烈的地域气质，一种不可抗拒的乡土精神，一种特异的审美。在这样的小说中，人物的个性固然重要，但他们共同的集体的性格更为要紧。故我这些人物，不论男女、长幼、贫富、尊卑、雅俗、好坏，就是猫儿狗儿，也全都带着此地生灵特有的禀性。比方，强梁、爽利、好胜、幽默、义气、讲理讲面，等等，这种小说的审美别处何有？

不单故事和人物这样，小说的语言也如此。我说过，我在这小说的语言中要的不是天津味儿，而是天津劲儿，也得强梁、爽利、逗哏、较劲、有滋有味才是。

我别的小说从不这么写人物，也从不用这种语言。只要一动笔写《俗世奇人》，这一套思路、劲头、感觉和语言便全来了。这样的写作难道不上瘾不过瘾？

随笔写来，且为序。

2022年春天

篇首歌

各色津门人称奇，
谁有绝活谁第一。
位重钱多排不上，
请到一边待着去。

史上英豪全入土，
田野才俊照样活。
异事妙闻信口扯，
扯完请我吃一桌。

《醒俗画报》图画

家庭教育图

家庭教育图

第二十六章
小学堂之预备
交友之法

人生在世，当交明友。小学生，初入学堂的时候，年岁幼小不知道什麽叫作朋友不遇是明知的一闲今日好明日恼就是那句的话语三番四次至于交友之法先不必論同為年岁小定禾能懂得不遇見了完疲的禾可常同他在一處見了良善的呢就是小學生交友的一個這就是小學生进階良法了。

奉甫

万年青

万年青

西门外往西再走三百步，房子盖得就没规矩了，东一片十多间，西一片二三十间，中间留出来歪歪斜斜一些道儿好走路。有一个岔道口是块三角地，上边住了几户人家，这块地迎前那个尖儿，太小太短，没法用，没人要。

住在三角地上的老蔡家动了脑子，拿它盖了一间很小的砖瓦屋，不住人，开一个小杂货铺。这一带没商家，买东西得走老远，跑到西马路上买。如今有了这个吃的穿的用的一应俱全的小杂货铺，方便多了，而且渐渐成了人们的依赖。过日子还真缺不了这杂货铺！求佛保佑，让它不衰。有人便给这小杂货铺起个好听的名字，叫万年青。老蔡家也喜欢这店名，求人刻在一块木板上，挂在店门口的墙上。

老蔡家在这一带住了几辈，与这里的人家都是几辈子的交情。这种交情最金贵的地方是彼此"信得过"。信得过可不是用嘴说出来的，嘴上的东西才信不过呢。这得用多少年的时间较量，与多少件事情较真，才较出来的。日常生活，别看事都不大，可是考量着人品。老蔡家有个规矩，从早上日出，到下晌日落，一年到头，刨去过年，无论嘛时候，店门都是开着的，决不叫乡亲们吃闭门羹。这规矩是老蔡家自己立的，也是立给自己的；自己说了就得做到，而且不是一天一月一年做到，还得十年二十年三十年做到，没一天不做到，或者做不到。现在万年青的店主是蔡得胜，他是个死性人，祖上立的规矩，他守得更严更死。这可是了不得的！谁能一条规矩，一百年不错半分？

这规矩，既是万年青的店规，也是老蔡家的家规。虽然老蔡家没出过状元，没人开疆拓土，更没有当朝一品，可是就凭这天下独有的店规家规，一样叫人敬佩，脸上有光。老蔡走在街上，邻人都先跟他招呼。

一天，老蔡遇到挠头的事。他的堂兄在唐山挖煤砸断了腿，他必得去一趟看看，连去带回大约要五天，可是铺子就没人照看了。他儿子在北京大栅栏绸缎庄里学徒，正得老板赏识，不好叫回来。他老婆是女人家，怵头外边打头碰脸的事。这怎么办？正这时候，家住西马路一个发小马得贵来看他，听他说起眼前的难事，便说他一个远亲在北洋大学堂念书，名叫金子美，江苏常州人，现在放暑假，回家一趟得花不少钱，便待在学堂没走，不如请来帮忙。他人挺规矩，在天津这里别人全不认识，关系单纯。

老蔡把金子美约来一见，这人二十多岁，白净脸儿，戴副圆眼镜，目光实诚，说话不多，有条有理，看上去叫人放心。寻思一天后，便把万年青交给他了。说好五天，日出开门，日落关门，诚心待客，收钱记账。老蔡家的店铺虽小，规矩挺多，连掸尘土的鸡毛掸子用完了放在哪儿都有一定的规矩。金子美脑袋像是玻璃的，放进什么都清清楚楚。老蔡交代完，又叮嘱一句："记着一定守在铺子里，千万别离身。"

这北洋大学堂的大学生笑道："离开这儿，我能去哪儿？除去念书，我什么事也没有。放心吧！"

老蔡咧嘴一笑，把万年青放在他手里了。

金子美虽然没当过伙计，但人聪明，干什么都行。一天生，两天熟，干了两天，万年青这点事就全明白了。每天买东西不过几十人，多半是周边的住家。这些老街坊见了金子美都会问一句："老蔡出门了。"金子美说："几天就回来了。"老街坊互相全都知根知底，全都不多话。这些街坊买的东西离不开日常吃的用的。特别是中晌下晌做饭时，盐没了，少块姜，缺点灯油，便来买，缺什么买什么。过路的人买的多是一包纸烟，馋了买个糖块搁在嘴里。

金子美每天刚天亮就从学堂赶到万年青，开了地锁，卸下门板，把各类货品里里外外归置好，掸尘净扫，一切遵从老蔡的交代。从早到晚一直盯在铺里，有尿就尿在一个小铁桶里，抽空推开后门倒在阴沟里，有屎就憋着晚间回去路上找茅房去拉。在铺子里，拿出全部精神迎客送客，卖货收钱，从容有序，没出半点偏差。他一天三顿饭都吃自己带来的干粮。下晌天黑，收摊关门，清点好货物和收银，上好门板，回到学堂去睡觉。一连三天，没出意外，一切相安无事。

转天一早刚到了万年青，一位同室学友找来说，从租界来了一个洋人，喜欢摄影，个子很高，下巴上长满胡子，来拍他们的学堂。北洋大学堂是中国首座洋学堂，洋人有兴趣，这洋人说他不能只拍场景，还要有人。这时放暑假了，学堂里没几个人，就来拉他。金子美说店主交代他这铺子白天不能关门，不能叫老主顾吃闭门羹。学友笑了，说："谁这么死性子，你关门了，人家不会到别的地方去买？"他见金子美还在犹豫，便说："你关了一会儿门怕什么，他也不会知道。"子美觉得也有道理，就关上门，随着这学友跑到了西沽运河边的北洋大学堂。

金子美头一次见到照相匣子，见到怎么照相，并陪着洋人去到学堂的大门口、教室、实验室、图书馆、体育场一通拍照，还和几位学友充当各种角色。大家干得高兴，玩得尽兴，直到日头偏西，赶回到城西时，天暗下来。在他走到街口，面对着关着门黑糊糊的店铺，一时竟没有认出来，以为走错了路。待走近了，认出这闭门的小店就是万年青，心里有点愧疚。他辜负了人家老蔡。在点货结账时，由于一整天没开门，一个铜钱的收入也没有，这不亏了人家老蔡了吗？他便按照前三天每日售货的钱数，从铺子里取出价钱相当的货品，充当当日的售出；再从自己腰包里拿出相当货价的钱，放在钱匣子里。这样一来，便觉得心安了。

再过一天，老蔡回来了，金子美同他交代了一连五口小店铺的种种状况，报了太平，然后拿出账目和钱匣子，钱货两清。老蔡原先还有些莫名的担心，这一听一看，咧开满是胡楂的嘴巴子笑了。给子美高高付了几天的工酬。子美说："这么多钱都够回家一趟了。"

这事便结了。可是还没结。

一天，金子美在学堂忽接到老蔡找人送来的信儿，约他后晌去万年青。子美去了，老蔡弄几个菜半斤酒摆在桌上，没别的事，只为对子美先前帮忙，以酒相谢。老蔡没酒量，子美不会喝，很快都上了头。老蔡说："我真的挺喜欢你。像你这种实诚人，打灯都没法找。我虽然帮不了你嘛忙，我这个铺子就是你的，你想吃什么用什么——就来拿！随你拿！"

子美为了表示自己人好。心里一激动，便把他照看铺子时，由于学堂有事关了门，事后怕亏了老蔡而掏钱补款的事说了出来。他认为老蔡会更觉得他好。谁想到老蔡听了，脸上的笑意登时没了，酒意也没了，直眉瞪眼看着他。好像他把老蔡的铺子一把火烧了。

"您这是怎么了？"他问。

"你关了多长时间的门？"老蔡问，神气挺凶。

"从早上。我回来的时候……快天黑了。"

"整整一天？一直上着门板？"

"上了呀，我哪敢关门就走。"

静了一会儿，忽然老蔡朝他大叫起来："你算把我毁了！我跟你说好盯死这铺子绝对不能离人，绝对不能关门！我祖上三代，一百年没叫人吃过闭门羹！这门叫你关上了，还瞒着我，我说这些天老街坊见了我神气不对。你坑了我，还坑了我祖宗！你——给我走！"老蔡指着门，他从肺管子里呼出的气冲在子美脸上。

子美不明白发生了什么。他惊讶莫解，但老蔡的愤怒与绝望，使他也无法再开口。老蔡的眼珠子瞪出了眼白，指着门的手剧烈地抖。他慌忙退身，出来，走掉。

这事没人知道，自然也没人说，但奇怪的是，从此之后这一带人再也没人说老蔡家的那个"家规"了；万年青这块牌子变得平平常常了，原先老蔡身上那有点神奇的光也不见了。

一年后，人说老蔡得了病，治不好，躺在家里开不了店，杂货铺常常上着门板，万年青不像先前了！过了年，儿子把他接到北京治病养病，老伴也跟着去了，居然再没回来。铺子里的东西渐渐折腾出去了，小砖房空了，闲置一久，屋顶生满野草，像个野庙荒屋。那个"万年青"的店牌早不知嘛时候没的。再过多半年，老蔡的儿子又回来一趟，把这小屋盘给了一个杨柳青人，开一个早点铺，炸油条，烙白面饼，大碗豆浆，热气腾腾，香气四溢，就像江山社稷改朝换代又一番景象。

《醒俗画报》图画

好官难做

好官難做

此有两平縣郭某專大令到任多年威稱良吏今春因署兩郎發却不了未能到曲甲本住簡後假償解款得以履新惟到任後因籌辦政無一間欵時深焦急而其子遺信在署見欵濟之困難憂思成為憂心切一哭不起其太夫人墾其人見父子同亡一時蓋淨刻娃汝窖府亦為土時蓋淨刻娃汝窖府宗報到卷沖撮共中丞見此中丞大為悲惋富郭傳見汁若某人住業且同微為籌辦尋後莊骸為文調雅八卷元（之）

鄰門有某氏子，貧甚手亦疏也。遂吾國見羣花圍繞紛勾黛綠爭研取傳為又目駭神奇每思還「麗有藏之金屋兩闌公甚嚴道及賴諮辭勃磎壔豬未果既而怒愛奇想偽為宦相恩病搞卧不食妻尉之詢所苦曰婦非藥石所能治太討小老婆曰是易耳胡病至此某聞此言大喜躍然起己而妻聞此甚劇驚聞之乎日病非孳若所能治盂置小丈夫某氏子之無言可答講新學有感謂世間往往夫多閉寵女子獨責令從一以然無刃大失其平某氏子之妻胎女界之能保權利者。

抱小姐

清初以降，天津卫妇女缠脚的风习日盛。无论嘛事，只要成风，往往就走极端，甚至成了邪。比方说东南角二道街鲍家的抱小姐。

抱小姐姓鲍。鲍家靠贩卖皮草发家，有很多钱。虽然和八大家比还差着点，却"比上不足，比下有余"。鲍家老爷说，他若是现在把铺子关了，不买不卖，彻底闲下来，一家人坐着吃，鸡鸭鱼肉、活鱼活蟹、精米白面，能吃上三辈子。

人有了钱就生闲心。有了闲心，就有闲情、雅好，着迷的事。鲍老爷爱小脚，渐渐走火入魔，那时候缠足尚小，愈小愈珍贵，鲍老爷就在自己闺女的脚上下了功夫。非要叫闺女的小脚冠绝全城，美到顶美，小到最小。

人要把所有的劲都使在一个事上，铁杵磨成针。闺女的小脚真叫他鼓捣得最美最小。穿上金色的绣鞋时像一对金莲，穿上红色的绣鞋时像一对香菱。特别是小脚的小，任何人都别想和她比——小到头小到家了。白衣庵卞家二小姐的小脚三寸整，北城里佟家大少奶奶戈香莲那双称王的小脚二寸九，鲍家小姐二寸二。连老天爷也不知道这双小脚是怎么鼓捣出来的。不少人家跑到鲍家打听秘笈，没人问出一二三。有人说，最大的秘诀是生下来就裹。别人五岁时裹，鲍家小姐生下来几个月就缠上了。

脚太小，藏在裙底瞧不见，偶尔一动，小脚一闪，小荷才露尖尖角，鲜亮，上翘，灵动；再一动就不见了，好赛娇小的雏雀。

每每看着来客们脸上的惊奇和艳羡，鲍老爷感到无上满足。他说："做事不到头，做人难出头。"这话另一层意思，单凭着闺女这双小脚，自己在天津也算一号。

脚小虽好，麻烦跟着也来了。闺女周岁那天，鲍老爷请进宝斋的伊德元出了一套"彩云追凤"的花样，绣在闺女的小鞋上，准备抓周时，一提裙子，露出双脚，叫来宾见识一下嘛样的小脚叫"盖世绝伦"。可是给小姐试鞋时，发现闺女站不住，原以为新鞋不合脚，可是换上平日穿的鞋也站不好，迈步就倒。鲍太太说："这孩子娇，不愿走路，叫人抱惯了。"

老爷没说话，悄悄捏了捏闺女的脚，心里一惊！闺女的小脚怎么像个小软柿子，里边好赛没骨头？他埋怨太太总不叫闺女下地走路，可是一走就倒怎么办？就得人抱着。往后人愈长愈大，身子愈大就愈走不了，去到这儿去到那儿全得人抱着。

这渐渐成了老爷的一个心病。

小时候丫环抱着，大了丫环背着。一次穿过院子时，丫环踩上鸟屎滑倒。小姐虽然只摔伤皮肉，丫环却摔断腿，而且断成四截，骨头又没接好，背不了人了。鲍家这个丫环是落垡人，难得一个大块头，从小干农活有力气。这样的丫环再难找。更大的麻烦是小姐愈大，身子愈重。

鲍老爷脑袋里转悠起一个人来，是老管家齐洪忠的儿子连贵。齐洪忠一辈子为鲍家效力。先是跟着鲍老爷的爹，后是跟着鲍老爷。齐洪忠娶妻生子，丧妻养子，直到儿子连贵长大成人，全在鲍家。

齐家父子长得不像爷儿俩。齐洪忠瘦小，儿子连贵大胳膊大腿；齐洪忠心细，会干活，会办事，儿子连贵有点憨，缺心眼，连句整话都不会说，人粗粗拉拉，可是身上有使不完的力气，又不惜力气。鲍家所有需要用劲儿的事全归他干。他任劳任怨，顺从听话。他爹听鲍老爷的，他比他爹十倍听老爷的。他比小姐大四岁，虽是主仆，和小姐在鲍家的宅子里一块儿长大，而且小姐叫他干嘛他就干嘛。从上树逮鸟到掀起地砖抓蝎子。不管笨手笨脚从树上掉下来，还是被蝎子蜇，都不在乎。如果找一个男人来抱自己的女儿，连贵再合适不过。

鲍老爷把自己的念头告诉给太太，谁料太太笑道：

"你怎么和我一个心思呢。连贵是个二傻子，只有连贵我放心！"

由此，齐连贵就像小姐一个活轿子，小姐无论去哪儿，随身丫环就来呼他。他一呼即到，抱起小姐，小姐说去哪儿就抱到哪儿。只是偶尔出门时，由爹来抱。渐渐爹抱不动了，便很少外出。外边的人都叫她"抱小姐"。听似鲍小姐，实是抱小姐。这外号，一是笑话她整天叫人抱着，一是贬损她的脚。特别是那些讲究缠足的人说她脚虽小，可是小得走不了路，还能叫脚？不是烂蹄子？再难听的话还多着呢。

烂话虽多，可是没人说齐连贵坏话。大概因为这傻大个子憨直愚呆，没脑子干坏事，没嘛可说的。

鲍老爷看得出，无论他是背还是抱，都是干活。他好像不知道自己抱的人是男是女，好像不是小姐，而是一件金贵的大瓷器，他只是小心抱好了，别叫她碰着磕着摔着。小姐给他抱了七八年，只出了一次差错。那天，太太发现小姐气色不好，像纸赛的刷白，便叫连贵抱着小姐在院里晒晒太阳。他一直抱着小姐在院里火热的大太阳地站着。过了许久，太太出屋，看见他居然还抱着小姐在太阳下站着，小姐脸蛋通红，满头是汗，昏昏欲睡。太太骂他：

"你想把小姐晒死！"

吓得他一连几天，没事就在院里太阳地里跪着，代太太惩罚自己。鲍老爷说：

"这样才好，嘛都不懂才好，咱才放心。"

这么抱长了。一次小姐竟在连贵怀里睡着了。嘿，在哪儿也没有给他抱着舒服呢。

连贵抱着小姐直到她二十五岁。

光绪二十六年，洋人和官府及拳民打仗，一时炮火连天，城被破了。鲍太太被塌了的房子砸死，三个丫环死了一个，两个跑了。齐家父子随鲍家父女逃出城，路上齐洪忠被流弹击中胸脯，流着血对儿子说，活要为老爷和小姐活，死也要为老爷和小姐死。

连贵抱着小姐跟在鲍老爷身后，到了南运河边就不知往哪儿走了，一直待到饥肠饿肚，只好返回城里，老宅子被炸得不成样子，还冒着火冒着烟。往下边的日子就一半靠老爷的脑子，一半靠连贵的力气了。

五年后，鲍老爷才缓过气来，却没什么财力了。不多一点皮草的生意使他们勉强糊口。鲍老爷想，如果要想今后把他们这三个人绑定一起，只有把女儿嫁给连贵。这事要是在十年前，连想都不会想，可是现在他和女儿都离不开这个二傻子了，离了没法活。尤其女儿，从屋里到屋外都得他抱。女儿三十了，一步都不能走，完全一个废人，谁会娶这么一个媳妇，嘛也干不了，还得天天伺候着？现在只一个办法，是把他们结合了。他把这个意思告诉女儿和连贵，两人都不说话；女儿沉默，似乎认可，连贵不语，好似不懂。

于是鲍老爷悄悄把这"婚事"办了。

结了婚，看不出与不结婚有嘛两样，只是连贵住进女儿的屋子。连贵照旧一边干活，一边把小姐抱来抱去。他俩不像夫妻，依旧是主仆。更奇怪的是，两三年过去，没有孩子。为嘛没孩子？当爹的不好问，托一个姑表亲家的女孩来探听。不探则已，一探吓一跳。原来齐连贵根本不懂得夫妻的事。更要命的是，他把小姐依旧当作"小姐"，不敢去碰，连嘴巴都没亲一下。这叫鲍老爷怎么办？女儿居然没做了女人。这脚叫他缠的——罪孽啊！

几年后老爷病死了。皮草的买卖没人会做，家里没了进项。连贵虽然有力气却没法出去卖力气，家里还得抱小姐呢。

抱小姐活着是嘛滋味没人知道。她生下来，缠足，不能走，半躺半卧几十年，连站都没站过。接下来又遭灾受穷，常挨饿，结了婚和没结婚一样，后来身体虚弱下来，瘦成干柴，病病歪歪，一天坐在那里一口气没上来，便走了。

剩下的只有连贵一人，模样没变，眼神仍旧像死鱼眼痴呆无神，一字样地横着大嘴岔，不会笑，也不会和人说话。但细一看，还是有点变化。胡楂有些白的了，额头多了几条蚯蚓状的皱纹，常年抱着小姐，身子将就小姐惯了，有点驼背和含胸。过去抱着小姐看不出来，现在小姐没了显出来了。特别是抱小姐那两条大胳膊，好像不知往哪儿搁。

《醒俗画报》图画

烧搭连人

烧搭连人
天津风俗图
之二十三

这是烧搭连人兒来她的风俗人死到了第三晚紫胜上提着一圈纸搭连装上型全眼繚鎌覓並將初所時左綫縛貢裝在裏头頭名叫搭残倒到庆半把紙人放在西面用大眾著免孫男女大哭理莳亡人盼兒的時候如同微夢差不見如及到第三天上了望孙台見了兄女一双烧知身已是死哦

徒扑其师

私塾师王树春在津设帐多年，
授徒数十人馆颇丰内有同
六其徒者性贤粗俗每至授课
时任意横闹不守学规诮师略
加薄责冀其悔悟诅因六不惟
不服且藉大肆吧嚷殴其师长昨
王某见其凶悍性成难以理喻富
树田之文兄控请巡警总局傅案
年责

按扑作教刑久为教育家
所诟病故目学堂兴而扑刑
遂废虽顽固学究亦不敢
顾遵公法以冒不韪不谓师
不扑徒竟有徒扑其师者
平寿目由敝政良新法版
抑尊卑倒置权柄即此理欤
顾贤之遽世之名家、

崔猛且未然

欢
喜

25

针市街和估衣街一样老。老街上什么怪人都有。清末民初，有个人叫欢喜。家住在针市街最靠西的一边，再往西就没有道儿了。

欢喜姓于，欢喜是大名，小名叫笑笑。

这可不是因为他妈想叫他笑，才取名笑笑，而是他生来就笑。

也不是他生来爱笑，是他天生长着一张笑脸，不笑也笑。眉毛像一对弯弯月，眼睛像一双桃花瓣，嘴巴像一只鲜菱角，两个嘴角上边各有一个浅浅的酒窝儿，一闪一闪。

他一生出来就这样，总像在笑，叫人高兴，可心，喜欢。于是大名就叫欢喜，小名就叫笑笑。

可是，他不会哭吗？他没有难受的时候吗？他饿的时候也笑吗？他妈说："什么时候都笑，都哄你高兴。他从来不哭不闹，懂事着呢。"

这样的人没见过。老于家穷，老于是穷教书匠，人虽好，人穷还得受穷。邻人说，这生来喜兴的小人儿说不定是老于家一颗福星、一个吉兆，这张像花儿的小脸仿佛带着几分神秘。

可是事与愿违，欢喜三岁时，老于患上痨病，整天咳嗽不停，为了治病把家里的存项快吃光了，最后还是带着咳嗽声上了西天。这一来，欢喜脸上的笑便没了秘密。他却依然故我，总那个笑眯眯的表情，无论对他说嘛，碰到嘛事，他都这样。可是面对着这张一成不变、并非真笑的笑脸是嘛感觉呢？人都是久交生厌，周围的人渐渐有点讨厌他。甚至有人说这个三岁丧父的孩子不是吉星，是克星，是笑面虎。

欢喜十岁时，守寡的于大妈穷得快揭不开锅，带着他嫁给一个开车行的马大牙。马大牙是个粗人，刚死了老婆，有俩儿子，没人管家，像个大车店，乱作一团，就把于大妈娶过来料理家务。马大牙的车行生意不错，顿顿有肉吃，天天有钱花，按说日子好过。可是马大牙好喝酒，每酒必醉，醉后撒疯，虽然不打人，但爱骂人，骂得凶狠难听，尤其是爱当着欢喜骂他妈。

叫马大牙和两个儿子奇怪的是，马大牙骂欢喜他妈时，欢喜居然还笑。马大牙便骂得愈加肮脏粗野，想激怒欢喜，可是无论他怎么骂，欢喜都不改脸上的笑容。

只有于大妈知道自己儿子这张笑脸后边是怎么回事。她怕哪天儿子被憋疯了。她找到当年老于认识的一个体面人，把欢喜推荐到城里一个姓章的大户人家当差，扫地擦房，端茶倒水，看守房门，侍候主家。这些活儿欢喜全干得了。章家很有钱，家大业大，房套房院套院，上上下下人多，可是个耕读人家，规矩很严。不喜欢下人们竖着耳朵，探头探脑，多嘴多舌。这些恰恰也不是欢喜的性情。他自小受父亲的管教，人很本分，从不多言多语；而且家中清贫，干活很勤。尤其他天生的笑脸，待客再合适不过，笑脸相迎相送，叫人高高兴兴。

欢喜在章家干了三个月，得到主家认可。主家叫他搬到府上的用人房里来住。这一下好了，离开了那个天天骂街的车行了。

欢喜的好事还没到头。不久，他又叫这家老太太看上了，老太太说：

"我就喜欢看这张小脸儿，谁的脸也不能总笑。总笑就成假的了，可欢喜这张小脸笑眯眯是天生的。一见到他，心里嘛愁事也没有了。叫他给我看院子、侍候人吧。"

老太太金口玉言,他便去侍候老太太。他在老太太院一连干了四年,据说老太太整天笑逐颜开,待他像待孙子,总给他好吃的。老太太过世时,欢喜全身披麻戴孝,守灵堂门外,几天几夜不吃不睡,尽忠尽孝。可有人说,他一直在偷偷笑。这说法传开了,就被人留意了,果然他直挺挺站在灵堂外一直在眯眯地笑。

起灵那天,大家哭天抢地,好几个人看见他站在那里,耸肩扬头,张着大嘴,好似大笑,模样极其荒诞。

有人把这事告诉给章家老爷。老爷把欢喜叫来审问,欢喜说天打雷劈也不敢笑,老太太待他恩重如山,自己到现在还是悲恸欲绝呢。老爷说:

"你会哭吗?我怎么从来没见过你哭?"

"我心里觉得疼时,脸上的肉发紧,紧得难受,什么样不知道。"

老爷忽然叫人拉他下去,打六大板子,再拖上来。他半跪地上,垂着头,嘴里叫疼。老爷叫他抬起头来,想来一定是痛苦不堪的表情,可是头一抬起,叫老爷一惊,居然还是那张眯眯的笑脸!

老爷是个见多识广的人。心里明白，这欢喜算得上天生尤物，一个奇人。这个人是母亲生前喜欢的，就应当留在家里，留下对母亲的一个念想。这便叫人扶他去养伤，养好后仍在府上当差，并一直干下去。

家庭教育圖

第二十一章 小孩當知尚武

小孩到了貪玩的時候，萬不可任他胡打亂鬧隨便嬉戲，他要玩要時就給買些軍用器具的模型教給他玩要時的法子，借此可以操練他的身體，發他的尚武精神，再講些那代的將帥從小如何知道尚武長大了……

下

比州羊市街一带，自晨入城以来，里市
繁盛昔日之某家营业，今已龙旗
招展有如满市，学样自有车站办事遗
入新屋庆为尘茶蒸密密之地
名平车士女如云，凡狱车欲罹之条级入
才或住居各旅馆悬捆晚晚轻罗
小扇韵吟自怡，操今思寡妇为之爱
更有奇异鼓廪八脩遥之马路名
午欲曾日有无病少年若人在坐行潭
自行车以肾阔，骖见有年少女郎
经过其地则辄合多数路车行围阔相
彼之不得出此范围各士欲更致
意入其宫龙引以为最少载迟警有
不欲顾洞是以致处有四马路之
称住日之将山玩水有今悲政游城站
偶风败俗莫此为甚同一匝城似
譬行政权有所不及看莫谓消消细
小而於世道人心不无关系也 （民）

第叁拾贰页

洋（杨）掌柜

洇杨掌柜

杨掌柜和洋掌柜是同一个人，一人二姓，音同字不同。这因为他有两个古董店，开在不同地方。在租界那边他叫杨掌柜，店名叫杨记古董铺，专卖中国的老东西。在老城这边他叫洋掌柜，店名叫洋记洋货店，只卖洋人的洋东西。

洋人喜欢中国人的老东西，中国人喜欢洋人的洋东西。头一个看明白这些事的是他，头一个干这种事的也是他。于是，他拿中国的东西卖给洋人，再弄来洋人的东西卖给中国人。这事他干得相当成功，不少赚钱。关键是他还有许多诀窍。

要想把东西卖得好，首先要把店铺、车马、行头都做得像模像样。租界那边的杨记古董铺看上去无奇不有，老城这边的洋记洋货店看上去古怪离奇。杨记古董铺在戈登堂西边街对面，戈登堂东边是利顺德大饭店，来天津办事或游玩的洋人都住在利顺德大饭店里，走出饭店便能瞧见古色古香的杨记古董铺了。洋记洋货店在海河边娘娘宫前广场旁的一条横街上，到娘娘宫来上香的人很容易逛到洋货店。两边店铺的选址都好，风水宝地，人气旺足，买卖好做。

他更着意在自己的行头上做文章。

在租界那边，他把自己扮成一个地道的中国人。一身袍子马褂、缎帽皮靴，材料上等，做工考究，关键是样子一定要古里古气，大拇指套着鹿骨扳指，叫洋人看得好奇。在老城这边，他胸前总垂着一根怀表的金链子，脖子上系一根深红色细绳领带，洋里洋气；洋人看不伦不类，中国人看洋气十足。还有，他身上总冒一股子只洋人才用的香水味儿。这一来，他就成了店铺里最招人的肉幌子。

他刚刚干这买卖时，不缺中国古董，就缺洋货。他想出了一招——以物易物。这招很得用。若是洋人喜欢上哪一样中国的老东西，不用钱买，拿件洋东西来交换即可。然后他把这些从租界那边换来的洋货，再拿回到老城这边的洋货店来卖。两边的货源都不缺，买卖都好做。尤其是，洋人不懂中国东西的价钱，中国人也不懂洋东西的价钱。中间的差价全由他随机应变，怎么合适怎么来，这种无本买卖干起来就太容易了。

没有几年，他就在粮店前街买了一块挺宽敞的空地，大约六七亩，盖一座两进的大瓦房，磨砖对缝的高墙、石雕门楼，比得上东门里的徐家大院。他还买了一辆新式轿车，去到宫前或租界全都舒舒服服坐在自家的车上。有多少钱享多大的福。在海河两岸上干古董这行的，没人不羡慕他。有人骂他吃里扒外，吃洋饭，卖祖宗，可是你有他这种本事——一手托两家，两头赚，来回赚，华洋通吃吗？人家杨老板还下功夫学了几句洋话呢，谁行？再说，在租界里开古董店，人家是第一家，在老城这边开洋货店，人家也是头一号。过去天津人知道嘛叫洋货店吗？都是人家杨老板开的头儿。别听人骂他，这帮人一边骂他，一边学他，也开洋货店。如今在他周边至少冒出六七家洋货店来。这条原本不知名的小街，人人都称作"小洋货街"了。

洋货店多了，争嘴的人多了。做买卖的人都是各显其能、各出招数，渐渐使他的洋记洋货店变得平平常常。同时，租界里的洋人们更喜欢跑到南门外的破烂市上淘老东西，那边的杨记古董铺也不新鲜了。

这事难了他，却难不住他。一年后，他忽然在两边古董店各花一笔钱，各使出了一招，这招别人同样想不到。

他从租界花钱请来一个法国人，叫马尔乐。人高腿长，金色卷发和胡须，尖鼻子可以扎人，八哥赛的蓝眼睛，胳膊上长了许多金毛，个头至少比中国人高两头。这种人若是发起疯来，会不会咬人？但是马尔乐分外和蔼可亲，总是迷人地笑着，身上散出一种特殊的既不好闻也不难闻的气味。他用磕磕巴巴的中国话，耐心向买家解释每一件洋货。他还挺会开玩笑，这很适合天津人的口味。

洋人才能把洋货说明白。马尔乐的出现，表明只有洋记洋货店里的洋货才是地道的洋货。别的店里的洋货都是靠不住的。于是，杨家的大旗再一次在老城这边飘扬。

他租界这边也用了一个奇招。

他花钱把杨记古董铺后边一个空仓库买下来，打通了隔墙。这仓库铁顶木墙，高大宽阔，纵深很深。他从老城那边找了三四十个倒腾古玩的小商贩在这里摆摊。待小商贩们把中国人的老东西五彩缤纷、五花八门地一铺开，这仓库就像一个魅力十足的古玩市场。租界里的洋人不用再跑到老城那边去找古玩市场了。它开在了洋人身边，一扭身就进去了。半年之后，这里便成了洋人们来天津必来逛一逛、十分好玩和必有收获的"黄金去处"。杨掌柜一句话切中其中的奥秘："洋人最喜欢自己来发现。"

他目光如炬，能够看准买家的心理，买卖必然是战无不胜了。他还不时把马尔乐调到租界这边来，帮着洋人寻宝淘宝。洋人信洋人，买卖真叫他玩活了。

北京那边干古董的，都羡慕他，但那边没有杨掌柜这种人。

解囊慨恤

东北城角有孟秋姐者，年十一岁，同伊父患吐血病，其母亡故，在街乞讨。日昨有德国妇人乘出马车，行至该处，见而怜之，慨付洋银若干而去焉。

瓜皮帽

自打天津开埠，这地方有钱赚，四面八方的人便一窝蜂往这儿扎。有人说天津卫的地上就能捡到金子，这话不假，这话不玄。当然，就看你看没看见金子。

胡四是淮安人，县城里长大，念过几年私塾，家里穷，早早到一家药铺当伙计，他人够机灵，眼里有活，手也跟得上眼。家里看他行，便经熟人帮忙，送到天津锅店街一家老药铺里学徒。

那时，由南边到天津都是坐船。胡四上船时，只有一个包袱，包袱里一身换洗的衣服、一双纳好的鞋。脑袋上一顶青黑色的皮帽，给他娘缝了又缝，反正怎么缝也缝不成新的。

胡四果然行。凭着干劲儿、拼劲儿、天生的麻利劲儿，很快就在老药铺伙计中站到排头，抓药称药捆药包——比老伙计更老伙计。天津卫药店里捆药包的纸绳都是用上好的牛皮纸捻成的，又细又亮又结实，跟细铁丝一般扯不断，可是在他又白又软的几根手指之间，松紧自如；捆好包，结好扣，要断开纸绳时，随手一挽一拉，嗒一声就断了。动作像戏台上青衣那样轻轻一摆兰花指，谁也不知这绝活是怎么练出来的。

这一切，药铺老板都看在眼里。

天津卫老板都会用伙计，年底算账关钱时，在付给他说好的薪水之外，还拿出两包银子。一包当众给他，这是为了给别人看，激励别人跟他学；一包私下给他，这是不叫别人看到，为了拉拢他。钱在商家那里，是做人情和拉拢人最好使的东西。

胡四拿到钱，心里开了花。

在老家县城里一年的辛苦钱，在天津卫竟然翻上三番儿。这次回家过年，他决心来个"衣锦荣归"。随即攥着钱上街，先给爹买上二斤劲大香浓、正经八百的关东的黄金叶子，再给娘买两朵有牡丹有凤凰有聚宝盆的大红绒花。至于哥哥、嫂子、侄儿那里，全不能空着手。桂顺斋的小八件和桂发祥的大麻花自然也要捎上两盒。他走过估衣街时，在沿街亮闪闪的大玻璃窗上照见自己，旧衣破帽，这可不行。混得好，一身鲜，一定要给自己换个门面。

他先去龙泉池剃头刮脸，泡个热水澡，除净了污垢，不仅皮光肉亮，身子顿觉轻了一半。跟着去买新衣新鞋。

为了省钱，不买棉裤棉袄，只买了罩裤罩褂。从头到脚，帽子最要紧。听人说劝业场那边同陞和鞋帽店有一种瓜皮帽，是酬宾的年货，绒里缎面，物美价廉。胡四来天津已经一年，白天在锅店街的药铺里抓药，晚上就在店后边的客栈睡觉，很少四处去逛。今儿为了买新帽子，沿着东马路向南下去，头一遭来到了劝业场。劝业场紧接着法租界，一大片新盖好不久的大洋楼，五彩灯牌哗哗闪，胡四好像掉进一个花花世界，一时心里生怕，怕丢了自己。

费了挺大劲找到同陞和鞋帽店，进去一问，店员果然拿出这种瓜皮帽。不单材料好、做工好，额顶前面还有一块帽正，虽非绿玉，却像绿玉。他的穷脑袋瓜子，从来没戴过这种这么讲究的帽子。只是尺寸差点，大中小三号，试一试，大号大，中号松，小号紧，怎么办？店员说："就这中号吧。您刚剃了头，其实帽子不松，是您的光头觉得松，过几天头发楂一长出来就不觉得松了。"

胡四也是当伙计的，知道这店员能说会道、句句占理，是卖东西的好手。便朝他笑了笑，付了钱，把旧帽子摘下揣在怀里，新帽子往头上一扣，一照镜子，人模狗样，好像换了一个人，像个富人。

他美滋滋走出帽店。没几步，忽然几个人上来，把他连拉带架进一间大房子。胡四以为自己遭抢，拉他的人却挺客气，龇着牙笑嘻嘻说：

"您算赶上了——张寿臣说单口！要不是今天，您想听也没地界听。张大帅请他都得看他有没有时候。"

进来一看，原来是个相声园子。

一排排长凳子，他被安排在前三排中间一个空座坐下，拿耳朵一听，真好。

天津人爱听相声。相声园子和酒店一般多。胡四来天津这一年里，没少听相声。刚听时听不出门道，等到和天津人混熟了，就听出来相声里处处是哏，愈听愈哏，想想更哏。

现在一听张寿臣，可就一跟斗栽进哏里边了。

胡四正听得入迷，忽然，觉得脑袋顶子一凉，好像一阵凉风吹在头上。他抬手一摸，好像摸一个光溜溜滚圆的西瓜。光头！怎么是光头，帽子怎么没了？掉了？他回头往地上一瞧，嘛也没有，左右一看，两边的人都在听相声，没人搭理他。他再猫下腰去找，凳子下边干干净净，只有一些脚，都是周围听相声人的，其余任嘛没有。他问身后的人看没看见他的帽子。

身后一排凳子上坐着一人，长得白白胖胖，穿得可比他讲究；深黄色袍子上有暗花，黑皮马褂上垂着金表链，头上也一顶瓜皮帽，跟自己新买的那顶一样。这胖人笑着对胡四说："问我？你又没叫我帮你看着帽子。"然后说，"人多的地界，要想别挤掉帽子，得像我这样——"他抬起手指拉拉脖子下边。

胡四仔细一看，原来他帽子两边各有一根带子，绕过耳朵，在脖子下边结个扣儿。

胖人又说："这样，别人想摘也摘不去。"说完拉拉帽带，嘿嘿笑了两声，站起来走了。

胡四丢了新帽，不肯花钱再买，仍戴原先的旧帽子回家，心中不免别扭，事后常常和人说起。帽子上安上帽带，以防脱落，固然有道理，可是他当时并没站在大街上，也没挤在人群中，而是坐在园子里听相声，怎么转眼就不见了？这其中的缘故，在淮安老家没人猜得出来。过了年，回到天津卫锅店街，他与药店附近摆摊的鞋匠说起了年前丢帽子这事。鞋匠听了，问他："你现在还不明白是怎么回事吗？"

"我怎么会明白，当时只顾听相声，脑袋一凉就没了。周围没几个人，都坐在那儿没动静儿呀。"胡四说。

鞋匠哈哈大笑说："这不明摆着吗，那胖子就是偷你帽子的！"

胡四一怔，说："胡说什么呢。我可没看见他手里拿着我的帽子。"

鞋匠说："哪会在他手上，在他头上。他头上戴着的就是你的帽子。"

胡四说："更瞎说了。他帽子虽然和我那顶一样，可那是人家自己的。人家帽子上有带子，还结在脖子上呢。"

鞋匠没接话茬，他从身边一个木箱里找出一根带子，只说一句："你看好了。"跟着把带子搭在脑袋上，再把垂在脸颊两边的带子绕过耳后，结在脖子下边。

胡四没看明白这是什么意思。鞋匠伸过手来对他说："把你头上的帽子摘下来给我。"

胡四把帽子摘下来递给鞋匠，鞋匠接过去顺手往自己的脑袋上一扣，说："这帽子是你的还是我的？"

看上去真像是鞋匠的帽子，牢牢地系在他的头上。

鞋匠说："人家用一根绳，就把你帽子弄走了。"

胡四心服口不服，还在自辩："怪我当时只顾听相声。"

鞋匠笑道："你这段事可比相声还哏呢。"

合谋诓骗

河北梁荼嗜居佳谷云轩、於九月二十三日赴佟家後春兴成皮货铺購買皮襖三件皮馬褂一件共合洋七十四元彼時無錢谷某云有西馬路西太和樂铺、蓋戥寫條約定月底兑錢、至日該皮铺寧櫃赴該號取錢铺内無人人財兩堅通皮铺寧櫃張梅林揣見谷某揑赴二局二區、疑經區長略訊隨送趙家塲鄉識局訊辦（丙）

迁安县泉民围城已經由縣出示
勸懸屡誌前報今间縣尊劉
大令前派燦魏二君住口外卾勘
己于十九日回縣票霞據稱刻在
該處龍王莊聚集二十餘會共
有二萬餘人之多其勢洶之變
難鄉散即於是日有會首一百餘
名前赴永平府遞票請府尊過
太守摔調查員已經捐收三村文
款交固作為罷諭不懌仍
有圍城文舉等情宗知府尊如
何辦理（完）

按遷安風翻咲傳遠近敦是
就非究無定論今據訪稿有
鄉民要求退還三村已捐文款
等語是否屬實高待確查

小尊王五

保定府的李大人调到天津当知县，李大人周围的人劝他别去，都说天津地面上的混混儿太厉害，个个脑袋别在裤腰带上，天不怕地不怕，那时官场都怵来天津做官。可是人家李大人是李中堂的远房侄子，自视甚高，根本没把土棍地痞当回事。他带来的滕大班头又是出名的恶汉，谁敢不服？李大人笑道：

"我是强龙不怕地头蛇。"

李大人来到天津卫，屁股往县衙门大堂上一坐，不等混混儿来闹事，就主动出击，叫滕大班头找几个本地出名厉害的混混儿镇服一下，来个下马威。头一个目标是小尊王五。

王五在西城内白衣庵一带卖铁器，长得白白净净，好穿白衣，脸上带笑，却是一个恶人。不知他功夫如何，都知他死活不怕，心狠没底。在天津闹过几件事，动静很大，件件都叫人心惊胆战，故此混混们送给他一个绰号叫作"小尊"。他手下的小混混儿起码有四五十个，个个能为他担当死干，拿出命来。白衣庵东边是镇署，再往东过了鼓楼北大街就是县衙门。李大人当然要先把身边这根钉子拔了。

这天一早，几个小混混儿给王五端来豆腐脑、油炸果子和刚烙出来的热腾腾的大饼。大伙在院子里吃早点时，一个小混混儿说，这几天县大人叫全城的混混儿全要去县衙门登记，打过架的更要登记，不登记就抓。

王五说："甭理他，没人敢来叫咱们登记。"

小混混儿说，县衙门的一位滕大班头管这事。这人是李大人的左膀右臂，人凶手狠，已经有几个混混儿落在他手中了。

王五说："这王八蛋住在哪儿？"

混混儿说："很近，就在仓门口那边一条横街上。"

王五说："走，你们带路！"说完，从身边铁器中哗啦拿起一把菜刀，气势汹汹夺门而出。混混儿一帮前呼后拥跟着他。

到了滕大班头家就哐哐砸门。滕大班头也在吃早点，叼着半根果子开门出来，见是王五便问："你干嘛？"

王五扬起菜刀，刀刃不是对着滕大班头，而是对着自己，嘛话没说，咔嚓一声，对着自己脑门砍一条大口子，鲜血冒出来。然后才对滕大班头说：

"你拿刀砍了我，咱俩去见官！"

滕大班头一怔，跟着就明白，这是混混儿找他"比恶"来的。按照这里混混们的规矩，如果这时候滕大班头说："谁砍你了？"那就是怕了，认栽，那哪行！滕大班头脸上的肉一横说："你说得对，大爷高兴砍你，见官就见官！"

小尊王五瞅他一眼，心想这班头够恶。两人去到县衙，李大人升堂问案。小尊王五跪下来抢先把话说了："小人姓王名五，城里卖香干的。您这班头天天吃我香干不给钱，今早我去他家要钱，他二话没说，从屋里拿出菜刀给我一下，凶器在这儿，我抢过来的。伤在这儿，还滴答着血呢。青天大老爷，您得给小民做主。"

李大人心想，我这儿正在抓打架闹事的，你县里的班头却去惹事。他问滕大班头这事是否当真。

如果这时滕大班头说："我没砍他，是他自己砍的自己。"也还是说明自己怕事，还是算栽。只见滕大班头脸又一横说："这小子的话没错。我是吃他的香干了，凭嘛给钱？今天早上他居然上门找我要钱。我给他一刀。"

小尊王五又瞅他一眼，心想这班头还真够恶的。

"你怎么知法犯法！"李大人大怒，左手指着滕大班头，右手一拍惊堂木，叫道："来人！掌手！五十！"

衙役们一拥而上，把掌手架抬了上来，拉过滕大班头的手，把他的大拇指往架子上一个窟窿眼里一插，再一扳，手掌挺起来，抡起枣木板子就打。啪啪啪啪十下过去，眼看着手掌肿起两寸厚；啪啪啪啪啪啪再十五下，前后加起来二十五，离着五十才一半，滕大班头便挺不住了，硬邦邦的肩膀子赛给抽去了筋，耷拉下来。小尊王五在旁边见了，嘴角一挑，嘿地一笑，抬手说：

"青天大老爷！先别打了，刚才我说的不是真的，是我跟咱滕大班头闹着玩呢。我不是卖香干是卖铁器的，他没吃我香干也没欠我债，这一刀不是他砍我的是我自己砍的，这刀也不是他家是我铁铺里的，您看刀上还刻着'王记'两个字呢！"

李大人给闹糊涂了，不明白这个到底是嘛事。他叫衙役验过刀，果然上边有"王记"二字。再问滕大班头，滕大班头就不好说了。如果滕大班头说小尊王五说得不对，自己还得接着挨那剩下的二十五下。如果他点头说对，那就认栽了。可是他手是肉长的，掌心的肉已经打飞了，再多一下也受不住，只好耷拉脑袋，认头王五的话不假。

这一来李大人就难办了。王五说他是自己砍自己，那么给谁定罪？如果就此作罢，县里边上上下下一衙门人不是都叫这小子耍了？滕大班头还白白挨了二十五板子呢。

如果认可王五说的是真的，不就等于承认他自己是蠢蛋，叫一个混混儿戏弄了？他心里边冒火，脑袋里没法子，正是骑虎难下时，王五出来给他解了套儿。只听王五忽说：

"青天大老爷！王五不知深浅，只顾取乐，胡闹乱闹竟闹到衙门里。您不该就这么便宜了王五，怎么也得给我掌五十！您把刚刚滕大班头剩下那二十五下也算在我身上，总共七十五下！"

李大人正火没处撒，台阶没处下，心想这一来正好，便大叫：

"他这叫自作自受，自己认打。好！来人，掌七十五！"

王五没等衙役过来，自己已经走到掌手架前，把大拇指往窟窿眼里一插，肩膀一抬，手心一挺，这就开打，啪啪啪啪啪啪啪啪，随着枣木板轮番落下，掌心一下一下高起来，跟着便是血肉横飞。王五看着自己打烂的手掌，没事儿，还乐，好像饭馆吃饭时端上来一碟鲜亮的爆三样。挨过了打，谢过了县大人，拨头便走，把滕大班头晾在大厅。

事过一个月，滕大班头说自己手腕坏了，拿不了刀，辞了官差回保定府，整治混混儿一事由此搁下没人再提。天津卫小尊王五的故事从此又多了一桩。

侄弑其叔

西头某店居住有某甲某
乙看叔经此
均係買賣中人其經惟貪
寶其不踊不
禮乞遺其經做在其㣲店
批貨天宗孫
食粮店人必索其出為
作保方能詐
乞述向其叔開說竟敗敗
年姪懷憤而
歸人經其友人在旁勢養
其姪頓生克
念遂持刀戈向其叔刺傷
數虑立卽身
瓦聞已經警局報知審判
商詢聽乗其
姓名俟訪明再佈（巳）
庸癡昌天下最惑之事
多半由于齊人之二分
話良可畏哉

忍心虐物（一）

上海宁牛群屠夫
周妙发
日前周钖裁生牛
角信作
药料、破莅管理两人
意见、以其
忍心虐物送郅捕房
解廨罚辨

谢二虎

谢二虎

谢二虎的爹谢元春在静海倒腾瓜果梨桃，用大车拉到天津三岔河口的码头上卖。卖水果在天津叫作"卖鲜货"，买卖好做又难做。天津人多，嘴馋，爱吃四季新鲜的果子，这买卖好做。可是码头人杂，横人多，强买强卖、强吃白吃，一个比一个厉害，这买卖又难做。

谢元春有三个儿子，大虎二虎三虎，自小就跟着爹来天津这边卖鲜货，常见爹受气，却惹不起那些土棍，只能把这口气憋在心里。二虎暗暗立下大志，练好一身功夫，谁也不怕。谢家哥儿仨天生身体棒，人高六尺，膀大腰圆，从小好练，力大无穷。

谢元春岁数大了之后，不再卖鲜货。三虎开一个粪厂，晒大粪卖给农人种地。二虎跟着大虎在白河边当脚夫，凭力气吃饭，背米扛活，装船卸货。哥儿俩能干四个人的活。人是铁饭是钢，能干活更得能吃。大虎疼弟弟，二虎能吃，就叫他敞开肚子吃。大虎一顿吃四个贴饼子，二虎吃八个。一次大虎拉他去南市增福饭馆吃猪肉烫面饺子，解解嘴馋，大虎吃了三屉，二虎一口气干了十屉。

把增福饭馆的老板伙计全看傻了。大虎喜欢看二虎狼吞虎咽，还有吃饱肚子两眼冒光的样子。哥儿俩赚的钱除去养爹妈，多半填进二虎的肚子。

天天吃得多，年轻不怕累，活儿重反倒练了身子。特别是二虎，渐渐比大虎高了半头，骨强肉硬，赛虎似牛，走在街上叫人生畏。大虎总对二虎说："咱们不怕事，但也决不惹事。"

二虎听兄长的话，但码头这地方——你不惹人人惹你。

一天，打沧州来一个汉子，力蛮会武。二虎个头比他高，他肩膀却和二虎一边宽，黝黑黝黑，一身疙瘩肉。那天，二虎干完活正要回家，沧州汉子拦道站着，扬着脸儿问二虎，想比力气，还是摔一跤？二虎见身边正在码苞米。一大包苞米一百八十斤，码起来的苞米垛赛一座座大瓦房。二虎走过去，单手一抓，往上一提，没见他使劲就把一人高的苞米包提起来，弓腰一甩手，便扔到苞米垛子上边去。跟着手又一提，腰一弓，再一甩，很快地上八个大苞米包都扔了上去，好像扔上去的是烟叶袋子。完事他拍了拍手上的土，笑吟吟看着沧州汉子。那意思好像是说，你也叫我扔上去吗？

只见沧州汉子黑脸变成土脸，忽然掉头就跑，从此再也没在码头上露面。

二虎的名气渐渐大了，没人敢惹，致使码头这边太平无事。可是一天又一伙混混儿来到码头，人不少，五六十号，黑压压一片。

这群混混儿中间有个人物极是惹眼，大约四十多岁，不胖不瘦，也不强壮，长得白净，穿得也干净。别人全是青布衫，唯独他利利索索一身白纺绸裤褂，皂鞋、黑束腰，辫梢用大红丝绳扎着，像个唱戏的，可在眉宇之间有一朵乌云，好像随时要打雷。他往码头上一站，混混儿就朝二虎这边喊："虎孙子出来！"

二虎人高马大，谁也不怕，他冲着这白衣混混儿问道：

"你是谁？"

码头的脚夫中有见多识广的，心想这不是天津卫数一数二的武混混儿"小尊王五"吗？遇见他就是遇到祸。你二虎这么问他，不是成心找死吗？

小尊王五看着二虎，嘴一咧，似笑非笑，神气有点瘆人。

二虎见他不说话，不知往下怎么说。

忽然，小尊王五往地面上瞧瞧，找一块平整的地方走上去，脱下褂子，腿一屈躺在地上，然后对身边一胖一瘦两个小混混儿说："抬块石板来！二百斤以下的不要！"

两个小混混儿闻声而动。二百斤的石板太重，两个混混儿抬不动，又上来几个混混儿一起上手才把石板抬过来。小尊王五说：

"压你爷爷身上！"

小混混们不敢，小尊王五火了，混混们便把这块二百斤的青石板压在小尊王五身上。这一压要是别人，五脏六腑扑哧一声全得压出来。小尊王五却像盖床被，严严实实压在身上，没事。

小尊王五不搭理二虎。这是混混们的比狠和比恶。这狠和恶不是对别人，是对自己。而且——我怎么做，你也得怎么做。我对自己多狠，你也得对自己多狠。你敢比我还狠吗？

二虎在码头上长大的，当然懂得混混儿这套，他不怕，也脱下褂子，像老虎一般躺下来。他要的却不是石板，而是叫脚夫们搬一个大磨盘来。那时天津正修围城的白牌电车道，用石头铺道，磨盘比石块好铺，码头上堆着不少大磨盘。磨盘又大又重，一个至少三百斤。大磨盘往二虎身上一放，都以为二虎要给压成一张席子，没想到二虎笑嘻嘻地说：

"一个磨盘不够劲儿，再来一个。"

众人觉得这两块磨盘很快就会把二虎压死，二虎却叫那两个给小尊王五抬石板的小混混儿过来，一人抱一块石头放在磨盘上。这两块石头再放上去至少七八百斤！二虎还嫌不好玩，又对那两个小混混儿说：

"你们俩也别下来了，就在上边歇着吧！"

下边的事就是耗时候了。谁先认输谁起来，谁先压死谁完蛋。大伙谁也不吭声，只见小尊王五脸色渐渐不对了，鼻子眼儿张得老大。可是他嘴硬，还在骂骂咧咧地说：

"我怎么看虎孙子闭上眼了呢，压死了吧？"

众人上去一看，二虎确实闭着眼也闭着嘴，一动不动，像是没气了。于是，两边的人一起上去，把两人身上的石头都搬了下来。

混混儿那边把小尊王五身上的石板抬走后，只见小尊王五好像给压进地面了，费了半天劲才坐起来。脚夫这边将压在二虎胸口上的石头和磨盘刚刚搬下来，二虎忽然睁开眼，一挺肚子就生龙活虎蹿起来了，一边拍身上的土，一边笑呵呵地说：

"我睡着了，梦见和大虎在吃包子呢。"

脚夫们只管和他说笑，再看小尊王五一伙人——早都溜了。

打这天开始，没人再来码头上找麻烦。二虎的大名可就贯进城内外的犄角旮旯。

世人把二虎看成英雄，二虎却嫌自己的武功不行，他从小练的是大刀铁锁石礅子，没门没派没拜过名师，没有独门绝技。于是他求人学武，人家一看他的坯子，没人敢教。他站在那儿像一面墙，老虎还用教它捕猎？他把城里城外、河东水西，直到小南河霍家庄——沽上所有武馆的名师那里全都跑遍了，也没人收他。最后经大虎一个朋友介绍，去见一位绝顶高手，此人大隐于世，只知道姓杜，不知叫嘛，六十开外，相约他在东南城角清云茶楼二楼上见面。

他按时候去了。楼上清闲，有三两桌茶客喝茶，其中一桌只一位老者，但看上去绝非武林中人，清癯面孔、小胡子，骨瘦如柴，像南方人。他便找个靠窗的桌子坐下来，要壶花茶边喝边等着。

等了许久也未见人影，扭头之间看到一个景象叫他惊愕不已。只见一直坐在那里饮茶的老者，竟然是虚空而坐，屁股下没有凳子！没有凳子，他坐在哪里？凭什么坐着？全凭这匪夷所思的功夫坐了这么半天？这是嘛功夫？

就在他惊愕之间，那老者忽说："你给我搬个凳子来。"老者没扭过脸，话却是朝他说的。

他慌忙搬个凳子过去，放在老者屁股下边，老者下半身挪动一下，坐实了凳子，手指桌子对面说："你坐在这儿。"然后正色问二虎，"你要学功夫？"

二虎迫不及待说：

"我要拜您为师，跟您学真本事！"

不料老者说："你学本事有嘛用呢？"进而对二虎说，"学武功，目的无非两样，一是防身，一是打人。你这么威武，还需要防身吗？那你学武干嘛？想打人吗？"

二虎摇着双手说：

"我不想打人，从小到现在没打过人。人不欺负我，我不会打人。"

老者笑了，说："你这样儿谁敢欺侮你。你再会武功，没准去欺侮人。"他摸摸胡须，沉吟一下说，"有功夫不是好事。像你这样，没人欺侮才是天生的福分，我没你这福分才练功夫。记着，比福多一点就不是福了！"说完，起身便走。

二虎起身要送，老人只伸一根细如枯枝的手指，便把他止住，他觉得胸脯像给一根生铁棍子顶着。

二虎后来再没见人有这功夫。据大虎说，这人曾是孙中山的保镖，早退休不干了。

二虎就按这老人的话活着，没再学功夫，也没人欺侮他，快活一辈子。

女學停辦

北京某子苓公立员践女学校闲辨之初闻经费难筹我做停辨由苏人陈君佐纳为其夫人某女士倡辨多格外濂浊今接濂来多格外濂浊今且典间坐畫善資俱窮不得已敢二十二等傳錄監督陳佐聊對各生演試現設法籌定逵費洪於明春開學約演說萬餘言怒時出鮮血數口始行下台各生樂學性殷哭泣不已陳'君暫弁閒停緩扮醫料為失

天津风俗图
之十八

家声还是读书

这是卖鱼的挑兒，
多有挑前头
是個木盆，
後頭是個木攤
每天早晨担到
大街小巷去卖這
鱼的随铁吆喝，雖然
不能一定也總得十幾
個铜子斤从前没有
這樣貴的鱼每月餘
立子漁業公司類
如薰秋八九銅子一斤的現
在漲得要十九個銅子，
有竹漁業公司卖鱼
的好處，一點没有得，
買鱼到吃了厭了。

喜寓众福

春臺熙洽

貴

祖武箕裘家學鳳

齐眉穗儿

庚子那年，八国的洋兵联手占了天津，几百年花团锦簇般的老城被刀光剑影洗劫一空。洋兵还与官兵合力，将闹事的拳民赶尽杀绝。几个月前，满城的红头巾红兜肚红幡旗全都不见，只有到处血迹斑斑。一时还要剿除红灯照，见到穿红衣的女子举枪就打，一时津门女子不敢身穿红衣。

洋人怕天津人再闹事，凭借高高的老城墙与租界对峙，便扒掉城门楼子，把老城推了，填平护城河，好像给天津剃了光头，换了另一番景象。在这改天换地的大折腾中，俞占山得了便宜。俞占山原本是侯家后一个大混混儿，靠着耍横吃饭。现在洋人一来，他挺机灵，紧劲儿往上贴，给洋人办事，讨洋人欢喜，后来直隶衙门建立起来，衙门里洋人说了算，便赏给他一个官差，叫他掌管城北一带地方的治安。这种使横的差事对于他，再好干不过，还有油水可捞。俞占山手下小混混们成群，一个比一个凶，管起人来轻而易举。这就把黑白两道捏在一起，既有势又有钱，比起原先单绷儿一个混混儿厉害多了。

一天早上，家丁开大门时，见地上有封信，多半是夜里从门缝塞进来的。信封上用毛笔写了"俞占山"三个大字，墨色漆黑，有股子气势，好似直冲着俞占山来的。打开一看，上边只写了几句话：

"老娘等着用钱，包上二十根金条，今天后晌放在你家后门外的土箱子里，明天天亮前老娘来取，违命砍头！"

没有落款，不知是谁。

看信，一口一个老娘，老娘是谁？孙二娘还是扈三娘？这老娘儿们这么横，居然敢找上门要金条，找死吧！他嘿嘿一笑，想出一条毒计。

等到下晌，他拿出二十根金条包成一包，叫人放在后门外小道墙边的土箱子里。土箱子就是那时候的垃圾箱。

这小道不是路，是两座大房子高墙中间极窄的一条夹道。城北一带这种夹道挺多，都是为了防止邻居失火，灾祸殃及，相互留一条空儿。可是这种夹道极窄，五尺来宽，走不了车，最多只能走一个人。

高宅深院的大门都临街，夹道里边很少开门。俞占山的宅子大，挨着夹道开了一个单扇的后门，为了给用人去买菜和倒脏东西。土箱子就在后门对面，靠墙放着。这种憋死角的地方，好进不好出，居然有人敢用。真若把金条放进土箱子，怎么来取？取了之后出得去吗？叫人两头一堵，只有乖乖被拿下。这实际上是个捉人的好地界。这娘儿们，怎么偏偏选这么一个地方来取金条？找死？

俞占山叫人把金条放进土箱子，上边倒些炉灰、脏土、菜叶，盖上盖儿，然后在夹道两头和后门三处的屋顶上安排了伏兵，总数大约十来个人，全穿黑衣，天一晚便混在夜色里，衣襟里裹斧藏刀，趴在房屋上不出声。特别是潜身在后门上边的几个，身手都好，只等着来拿金条的人一出现，跳下来一举擒获。

整整一个晚上，俞占山都在堂屋里喝茶抽烟，不急不躁，等着"贼人"落入陷阱，可是他从午夜，数着更点，一夜慢慢过去，直到天亮，也没见动静。俞占山忽然眼睛一闪，好像明白了什么，他说："我给耍了，金条放在土箱子里，根本没人取，也没人敢取。这是成心耍我！"跟着，他派人到后门外，去把土箱子里的金条取回来。

可是取金条的人空手回来说，土箱子里的金条没了！

怎么会？十多个大活人，瞪着大眼守了一夜，连个野猫也没放过，一大包金条凭空就没了？没法信，也没法不信。炉灰烂菜都在土箱子里边，可就是没有金条。

俞占山非要一看究竟不可。他跑到后门外，叫人把土箱子翻过来，箱子里除了垃圾嘛也没有。俞占山眼尖，他一眼看到土箱子挨着墙的那几行砖不对，砖缝的灰没了，露出缝子。他弯下腰，用手一抠，砖是活的；他脑子快，再翻过土箱子，一拉箱板，箱板竟然也是活的。这土箱子里的金条是从墙那边取走的！他立马带人走出夹道，转身去到邻家的平安旅店。

旅店的牛老板吓坏了，天刚亮，怎么俞占山就带人闯进店来，自己惹了嘛事？俞占山说他要查店里挨着外边夹道的所有房间。牛老板就愈加不明白，为嘛要查这些房子？但俞占山谁敢戗，领着他们去查就是了。每查一间就连东西带人大折腾一番，却嘛也没查到。牛老板说：

"后边还有个小院，外边也是夹道。"

俞占山一班人到了楼后小院去看，院里很静，有花有草，墙上爬满绿藤。他们扒开绿藤一看，就明白了。挨着地面的三行砖全动过手，砖是活的，拿下这几块砖，露出一个透着亮儿的小洞，外边就是土箱子。土箱子靠墙的箱板是木板也是活的，一拉就开。真相大白了！土箱子里就是有聚宝盆，从这儿也端过来了。

俞占山已经气得嗷嗷叫，喊道：

"谁住这儿？！"

牛老板说这院子只有两间小房，不通楼上，全是下人住的房子。好久不住人了。

可是管柜台的黄三说，前两天住进过一个女子，单身，求安静，想住到后楼，后楼人满了，就在这后院收拾出来一间小房租给了她。她说要住五天，但住到昨天后半夜，她说有急事要走。人家住了三天，给了五天钱，再说住店随便，不能拦着，这女人早就走了。

俞占山听了一怔，果然是个女的。再问，并不像想象中的五大三粗，个子不高，岁数不大，身材爽利，像有点功夫的人。斜背一个包袱，头上裹着蓝布，模样看似挺俊，可是她总低着头，前额留着齐眉穗儿，下半张脸像蒙了半块纱，看不清楚。

俞占山说："嘛样都说不清楚？你一个管住店的，能不看客人？能不记得人的模样？这人是你勾来的吧？"

黄三差点吓尿裤子，摇着双手说：

"不不不，我哪认得。这人确实不太一般，齐眉穗儿特长，把两眼都快遮上了。不过，现在一寻思，真不像一般妇道人家。"

俞占山只说一句："放嘛屁！"便不再搭理黄三，派人楼上楼下、店内店外、街前街后，找这个留着"齐眉穗儿"的女子。直到晌午，也没见到影子。

俞占山知道找也没用，肯定早溜了。背着几十条金子，还不赶紧脱身？人多半已不在天津了。渐渐他脑袋里浮出一个人影来：去年伏天拳民势盛时，他的锅伙在运河边，一拨红灯照女子来找他，问一个名叫余方胜的二毛子的事，这二毛子也是个有名的混混。为首的红灯照挺凶，就是留着很长的齐眉穗儿。个头不高，气势压人。她甩头时，雪亮的眼神在齐眉穗中一闪，宛如刀光，给他的印象很深。

这个女子岂不就是那个女子？如若不是，不会指名道姓地来找自己。她和自己打过交道，肯定知道自己的底细。现在自己在明处她在暗处，不能不防！凡事小心一点，手脚收敛收敛才是。

过了两个月，俞占山从洋人那里听说静海一带有红灯照招人买枪，又要闹事。可是不久官兵去弹压，打散了。据说这伙红灯照买枪用的钱是金条，那肯定就是这个"齐眉穗儿"了。现在被官兵打散了，该肃静了吧。

再过些日子，外边真的没什么动静。俞占山的牛劲又壮起来，一些缺德的事又开始伸手伸脚了。一天早上，他起来漱口洗脸，走到堂屋中间伸个懒腰，正打算喝杯热茶，扭头一见八仙桌上放着一件什么东西，拿起来看是块黄布。俞占山在纳闷中，忽地一惊，这不是半年前包二十根金条的那块布吗，怎么会放在自己家堂屋的八仙桌上？整晚上大门紧闭，屋门窗扇也好好关着，还有人打更巡夜，谁会幽灵一般进来，轻轻松松把这块黄布放在这里，这人是谁？肯定就是那个奇女子齐眉穗儿！

《醒俗画报》图画

夫妻成讼

夫妻成讼

杨村赵桂林之妻、
被本乡
刘才拐逃朱津送
入侯家。
後江义胡同翠喜
下处卖。
娼经赵侦知率同
其外母
赵高氏赴审判厅
控告闹
已传案究办矣。

六腊月不搬家

天津风俗闻之三三五

天津有一种牢不可破的讲究就是六腊月不搬房，各想当日留下这句话一定是因为太热太冷的缘故，如今竟有人口极多住着极小的小房子，冬夏全不舒受可我妻子很合式的房子亦总得等着过了六腊月缘搬这又有甚麽理呢。恭甫

红梅多
活子

秦六枝

秦六枝

咸丰庚申年后，洋人开始在天津开埠，设租界。一下子，天津卫这块地便大红大紫，挤满商机，好赛天上掉馅饼。要想赚钱发财，到处有机可乘。于是，江南各地有钱的人都紧着往这儿跑。

这些江南富家大户不仅有本事弄钱，还会享福。他们举家搬来天津时，大多还带上五种人：管家、账房、贴身丫环、厨子和花匠。有这五种人，活得舒坦。管家管好家，账房管好账，丫环管好身边事，厨师做好一日三餐，花匠养好屋前屋后的花花草草。江浙人把花看得重。花要养得美，养得有姿有态，养得精致。他们看不惯北方人，有点大红大绿就行了。至于花园，不仅收拾得漂漂亮亮，还要有滋有味。

秦六枝是虞山人。虞山人自古都善画。清初时，画得最好的是王石谷，王石谷自己创立了虞山画派，压倒了当时画坛所有名家。秦六枝自小爱画，有才气。人长得秀气。六枝是他的外号，据说他很年轻就能画好这六种枝叶：一是松枝，二是柳枝，三是梅枝，四是竹枝，五是寒枝，六是春枝。都说他画画会有出息，可是他命不行，他上边几代人全是穷花匠。富人善画，可以出名，画可以卖钱；穷人爱画，难出大名，画不能卖钱。家里没钱养活他画画，他身上这点才气打小就给憋住了。要想活着，还是和泥土花木打交道。他心里的画渐渐就混进园艺中了。若是叫他拿花草树石配个景儿，他干起来都像画画。

苏州一位富人陈良哲搬到天津时，把秦六枝一家人带来。秦六枝的父亲秦老大在陈家干了半辈子花匠，为人老实巴交，花儿摆弄得好，把院子交给他放心，陈家迁到天津那年，六枝十八岁。

陈良哲把家安在北门里的府署街。那一带全是深宅大院，灰墙黑门，古木纵横。秦老大住在陈家大宅后边一条小街上，两间砖房，一个长条小院，院里还有口井。平民百姓，在天津有这么一个窝就很不错了。陈家老爷在租界那边还有一处花园洋房。秦老大父子要两边忙，租界老城来回跑，六枝常常给父亲当帮手。后来两边事多，都离不开人，爷儿俩就分工，秦老大在租界那边忙，秦六枝在老城这边干，有空时帮着母亲在小院养些小花小草，摆在家门口卖。

六枝人灵手气活，花儿在他手里一摆弄就分外鲜亮。尤其是他养的草茉莉花，只要端一盆往门口一放，那香味就立刻勾住街上的人，被人请走。六枝愿意在家养花，不愿意去主家干活。在家养花由着自己，想养哪种养哪种。扶苗培花，修枝剪叶，全凭自己的眼光。一盆花若是养得有姿有态、婀娜招人，惹来喜欢和夸赞，他就像画出一幅好画那么高兴。可是，在主家干活就不同了。你在花丛下边摆一块石头衬一衬，主人家可能说看着堵心。你在亭子侧面栽几根细长的绿竹，添点情致，主人家会说"挡眼"。你呢，马上就得改。

六枝懂画，懂园林，人自负，可是不能违抗主家。园子是人家的，只能顺从人家。一次，为了园子里种什么花争不过主家，心里不舒服，禁不住跟父亲说："说什么我将来也得给自己造个园子，准是天下第一。"

父亲骂他：

"天津城里有几个爷造得起园子？你敢说这狂话？"

儿子大了，真不知道他是怎么想的了。

几年过去，陈家老爷买卖做得好，外边的事愈来愈多，官场商场的事多在租界那边了，人也常在那边，住在老城不方便，家就一点点挪过去了。手下的原班人马跟了过去。秦老大和老婆也住到租界去，只留下六枝看守府署街这边的大房子。可是东西一点点搬走，这房子便空了大半。六枝守着这高宅深院无事可干，就在这大院里养点花，养好了，送到租界那边去。快过年时，他依照天津本地的习俗，养了金橘、腊梅、水仙和朱槿牡丹四样，各八盆，运过去。花儿叶子养得饱满光鲜，正好除夕开花，叫主家一家十分欢喜。秦老大觉得脸上有光。

可是这种日子不会长，大房子不能总扔在城里当花房用。陈良哲是商人，商人手里不能有死钱，也不能叫任何一样东西窝着，便把这房子卖给了一个住惯老房子的徽商。只留大院东边一个院落，暂存一时难以处理掉的家具和杂物，以及大院中一些石雕的桌子、凳子、奇石。秦六枝去河边找来几个脚夫，足足用了一个月，把东西都堆在东边一个小院落里。完事这小院落就归秦六枝看守了。

自打头一天，把大院石头木头的物件搬到这边小院时，秦六枝就动了心思。他心中忽想，何不利用这些东西，在这小院里造出一个自己脑袋里的"园子"米？反正这些东西是要堆在院里的，怎么堆也没人管。

他白天想夜里思，琢磨这些东西怎么摆，怎么攒，怎么配。他在脑袋里想，心中画，纸上改。然后叫脚夫们把东西依照自己画的图纸搬放。这些脚夫不知为嘛非这么摆那么放，费了牛劲，才把这些死重的东西折腾好，完事六枝把门一关，自己一个人开始大干起来，干的嘛谁也不知，街坊们只是看到他在忙，或是扛一袋重重的东西回来，不知袋子里边装着嘛，或用小车推进去一棵老梅树桩。房子都卖了，还种嘛树？

反正他一个人没人管，娘跟着爹在租界那边，秦老大只知道他在这边看守着老屋，养养花。逢到换季，用手推车往租界送些花，每次都是香喷喷、花花绿绿的一车。

转年入夏，秦六枝送二十盆五彩月季到租界这边，临走时对秦老大说："爹要是哪天得空，到老城那边看看。"

秦老大说：

"破房子破院看什么？"

六枝说："自然有的看。"说完笑了笑。

秦老大不信这小子能养出什么奇花异卉，寻到了空儿，就去了老城。

秦六枝白天守着那个堆东西的院落，晚上还是住在原先小街上那两间小屋里。秦老大许久没回来，进去一看，屋外全是花，屋里老样子，只是到处是些纸，画着各式各样山石花木。秦老大问他画这些东西干嘛用。六枝没吭声，把他爹领出来，走到府署街，沿着老宅子侧边的高墙走不远，一拐，来到一扇又窄又长的门前，六枝掏出钥匙开锁。

秦老大说：

"你得常来这里查看查看。这里边的东西不怕偷，就怕火。"

六枝说："我一天来好几回呢。"说着门儿咔嚓一声打开。

秦老大一迈进门槛，就闻到一股气味，不是堆东西的仓库味儿，而是一片清新、浓郁、沁人之气扑面而来。他是一辈子花把式，知道这气味儿只有深山里有。这老房子里怎么会有这种气味？待推门进了屋子，里边堆满旧家具，窗户全关着，但是山林的气味反而更加深郁更加清透，还有种湿凉的气息。六枝知道父亲心里疑惑什么，他上去把临院子的十二扇花窗哗啦打开。秦老大突然看到一幅绝美的山水园林的通景，立在面前！只见层层峰峦，怪石崚嶒，巉岩绝壁；还有重重密林，竹木竞茂，蒙络摇缀。再往纵深一看，中有沟壑，似可步入。不知不觉间，秦老大已经给六枝引入院中，过一道三步小桥，桥有石栏，桥下有水，水中有鱼，怡然游弋。桥头一洞口，洞上藤蔓垂拂，洞畔花枝遮翳；涧流清浅，绿苔肥厚，这淙淙水流从何来？

六枝引父亲穿过石洞。洞虽小，极尽曲折；路不长，宛转萦回。待走出石洞，人已在高处，完全另一番景象；再拾阶而上，处处巧思，许多兴致。秦老大看见一块石笋后边，有个木头亭子，两边竹篁相衬，头上梧桐覆盖，坐在其中，别有情味。再看，这巨大的梧桐是从邻居院中伸过来的。秦老大说：

"你这'借景'借得好。"

父亲是夸自己，六枝心里得意。说：

"我这亭子，是把您原先在大院东北角做的那个'半亭'挪过来的。"

"看到了，你这里的东西，都是巧用原先大院子的东西，真难为你了。这小院不过半亩多地，叫你做出这么多景来！"秦老大不禁感慨地说，"当爹的最不该小看了儿子！"

秦六枝听了这话，扑通给他爹跪了下来。

事后，秦老大想办法，将陈家老爷请到老城这边来，看看六枝造的这个园子。陈老爷看得大惊大喜，呼好呼妙。说他看了太多园子，却"无出其右"，"可以'一览众园小'了"。老爷的隶书写得好，给这园子题名为"半亩园"。当即刻匾、悬匾，叫人把房中堆放的杂物清理出去，收拾好待客，还不断邀请朋友来观赏，友人无不称绝，从此六枝和他爹受到老爷另眼看待。

然世上的好事难以持久。三年后，庚子变乱，英国人的一颗炮弹落到半亩园中，成了一堆野木乱石。陈家老爷避难于上海。避难用不着带着花匠。秦老大一家只能逃回虞山老家。但这一走，从此音信皆无。

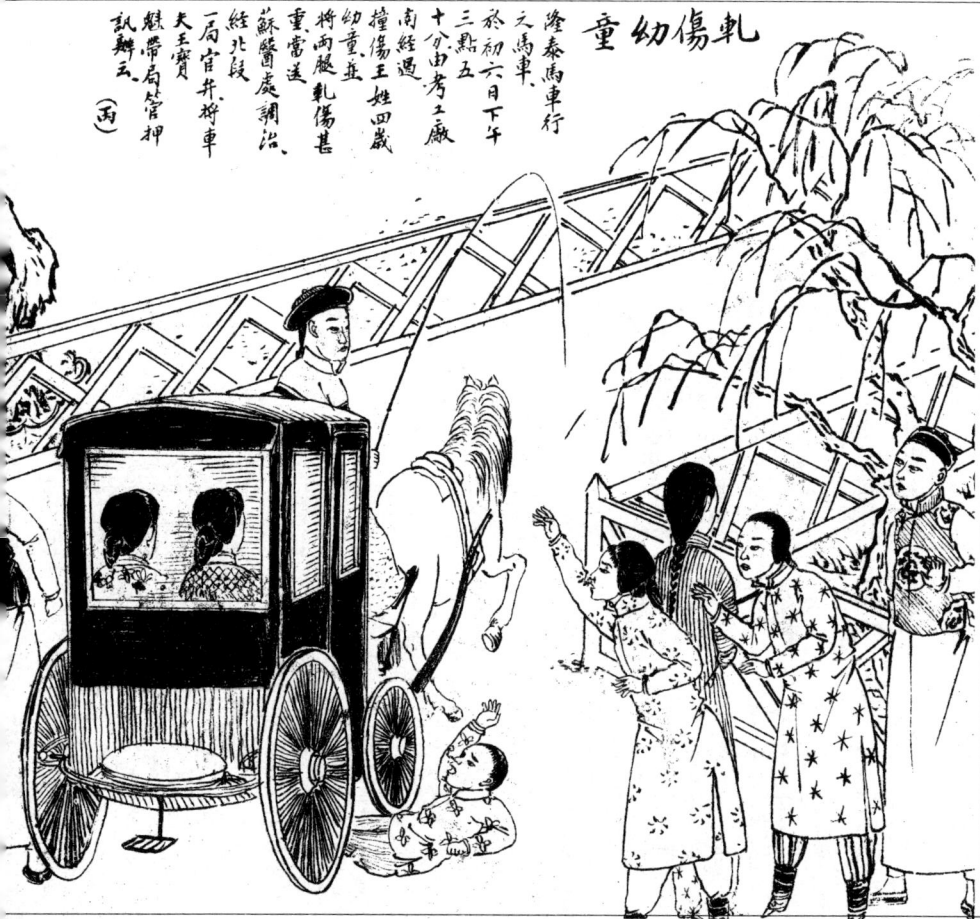

轧伤幼童

隆泰马车行之马车，于初六日下午三点五十分由考工廠南经过，撞伤王姓四岁幼童壹名，将两腿轧伤甚重，当送苏医处调治，经北段巡官井将车夫王宝魁带局坐管押，讯办云。（丙）

角黍

天津風俗圖之十七

這長包角黍的，差連到了
端午節，就在各茶食店
門首擺設，而前放一
大笸籮中藏有江米，做
角黍的時候就易。

用蘆葉裹成三角形，
滿貯江米再加小栗
二三個或加豆餡，外用箬葉
捆結滾水煮熟。

然後發賣，大約
賣一個銅子一個，
端午節麥糕之家，

沒有不用這角黍的。
男女僕到少往茶食店
置禮的時候，可以就近
一同買了，這也是爲人方便
的意思，并且可以有挑選。

田大头

田大须

辛亥后那些年，天津城里出了一位模样出奇的人。个子不高，头大如斗；不是头大，而是大头，肩上好赛扛一个特大的三白瓜，瓜重扛不住，直压得后背微微驼起来。脑袋太大还不好扭头，要扭头时，只能转身子。再有，脑袋太沉，头重脚轻，不好快走，走不好就向前一个大马趴，一个"大"字趴在地上。这样的人走在街上谁不看上两眼？

大头本名叫田少圃，但除去他爹，没人知道他的名字，都叫他田大头。田大头是富家子弟。祖上能干，赚钱兴家，买地盖房，成了南门里一个富户。长辈兴业发家，后辈坐享清福，不用干活，吃好穿好，有人侍候。田家祖上的家底太厚，田大头的父亲就一辈子嘛也没干，也没坐吃山空，到了田大头这一辈接着再吃。可是这个人走起路来都晃悠，还能叫他干什么，反正家里有米、锅里有肉、腰里有银子，不犯愁就是了。

田大头没嘛心眼儿，天性平淡，人憨厚，从来不想出类拔萃，也就没愁事，活得清闲又舒服。他平生就三大爱好。一是好吃，一是好听玩意儿，一是好玩抓阄儿。有人说他没主意，所以碰事就抓阄儿。

天津是九河下梢、水陆大码头，东西南北的河都通着天津，各地好吃的、好看的、好听的，人间百味、民间百曲、世间百艺都会不请自来。天津人有口福，也有耳福和眼福。田大头在天津能活得不快活？

人要有钱，过得好，活得美，就会围上来一帮人帮吃帮喝，陪玩陪看，哄笑哄乐。城里一些浪荡公子和有闲清客就拥了过来，一起陪着他把天津城内外大大小小酒楼饭店挨着家吃。天津卫的饭馆满街都是，不管鲁菜粤菜苏菜闽菜湘菜川菜浙菜徽菜潮汕菜还是满汉全席，要嘛有嘛。你一天最多也就吃一个馆子，一年最多不过三百个馆子，天津卫现有的饭铺够你一天一个吃上十年二十年，还有数不过来的要开张的馆子排着队等在后边呢。更别提那些戏园子里数不过来的听的看的演的——戏曲说唱杂耍马戏名班名角名戏名段子了。

田大头最喜欢的事是，在馆子里酒足饭饱之后，乘兴决定晚晌到哪个戏园子里听戏听曲听快板或说书。每到这个时候，一准要拿出他最欢心的游戏——抓阄儿。抓上什么去看什么。

　　有个白白胖胖的机灵小子，叫梅不亏，整天在田大头身前身后跑来跑去。他只要一听田大头说抓阄儿，立即起身跑到柜台，从账房那里要一张纸，裁成小块。今天吃饭几个人，就裁成几块。分别写上本地最叫座的几个戏园子的名字。每个园子演的戏曲说唱都不一样，演出的节目和演员也天天更换，但是没有梅不亏不知道的。

　　梅不亏更知道田大头喜欢听哪种戏、哪出戏、哪个角儿。每当梅不亏把写好的阄儿放在一个空碗里，大家就嚷着叫着让田大头第一个抓。那些阄儿上边写的戏目和节目都是田大头喜欢的，无论抓起哪个，打开一看，田大头准都会高兴。大家便说他手气好，他抓的都是大家最爱看最想看的。他替大家抓了，大家便都不抓了。

　　反正哄他高兴、掏钱，大伙白玩白乐呗。

　　这伙人和田大头还玩一种抓阄儿。就是每当吃一顿大餐后，该付账时，就抓阄儿。一般的饭钱全由田大头付，吃大餐钱多，抓阄儿合乎情理，也刺激有趣。这个阄儿还是由梅不亏去做。抓这种阄儿的规矩是，只有一个阄儿画着圈儿，表示花钱；其余的阄儿都是空白，不花钱。谁抓上画圈儿的阄儿谁掏钱。

每次抓阄儿时也是大伙嚷着叫着让田大头第一个抓。但奇怪的是，不管田大头怎么抓，打开一看，阄儿上边准画着一个墨笔的圈儿。

既然他抓上了，别人就不抓了，再抓一定全是白纸。

每次田大头抓到画圈的阄儿，都站在那儿傻乎乎地笑，然后晃晃悠悠去到柜台付钱。

如果有人跟他客气，争着付款，他都摆摆手笑道：

"应该的，我手气好。"

他付钱，好像理所当然。谁叫他钱多，就该他花钱。吃大头嘛！原来天津卫"吃大头"这句话就是从田大头这儿来的！人家田大头呢，天生厚道，傻吃傻玩，乐乐呵呵，从不计较。

他怎么也不想想，为嘛自己每次抓的阄儿都画着圈儿？为嘛从来没有抓过白纸的阄儿？

他一直这么糊里糊涂、美滋滋地活着。直到父亲去世后，没人给他钱花了，这才知道父亲留给他的，原来不是吃不完用不完的金山银山。钱是有数的，花一点少一点。

他自然不再由着性情往大饭庄好菜馆里跑了。嘴馋了，就去街上的小馆里要几个炒得好的小菜。这一来原先围在他身边混吃混喝的浪荡公子们全瞧不见了，只有梅不亏时不时露个面儿。

这天梅不亏来他家，一直坐到下晌吃饭的时候还不走，明摆是等着田大头拉他到外边吃一顿。直叫田大头坐不住了，站起来对他说：

"南门外新开一个馆子不算大，可是挺实惠，专吃河蟹，实打实七里海的河蟹，现在七八月，顶盖儿肥，你去尝尝鲜吗？"

梅不亏白胖的脸儿笑开了花，他说："只要陪着您，蝎子都吃。"随后就连蹦带跳跟田大头去了。

一大盘子的粉肚青背的大河蟹，没多少时候，就叫田大头和梅不亏吃得丢盔卸甲，一桌子残皮烂壳。朝这堆东西中间一看，便知哪些是梅不亏吃过的，哪些是田大头吐出来的。梅不亏决不叫一点蟹黄膏脂留在甲壳里，田大头向来连皮带肉一起嚼，嚼过就吐。梅不亏对大头说：

"这银鱼紫蟹可是朝廷的贡品，老佛爷也不舍得还带着肉就吐了。"

两人吃得满腹河鲜、满口蟹香，再加上直沽老酒上了头，美滋滋晕乎乎。梅不亏觉得这个田大头人真的挺好，像一碗白开水，几十年来总一个劲儿，从不和人计较什么，该付钱时准由他付，自己没掏过腰包。想到这儿，他身上不多的一点义气劲儿冒了上来，说：

"今儿的河蟹我请了。"

田大头摇摇手笑着说："不跟你争，如果你想付，还是得按老规矩，先抓阄儿。"然后一指柜台那边说，"还是你去做阄儿。"

抓阄儿？已经多年没玩过了，现在一提，触动了梅不亏。梅不亏心里边有一点事，虽然这事过去了多年，此刻禁不住还是说出来：

"有个事在我心里，一直弄不明白，我得问问您——就是抓阄儿这事。当年我们一起吃饭，到了该付钱时候，您干嘛非要抓这个阄儿不可？"

"我好喜，好玩呗。"田大头说。

"为嘛每次您都要头一个抓？"

"你们不是叫我头一个抓吗？"田大头说。

"可为嘛每次画圈儿的阄儿都叫您抓上，您想过没有？"梅不亏说完，两只小眼盯在田大头脸上，认真等着他的回答。

"手气好呗。我娘说过，我打小命就好，手气好。"田大头说，说得挺得意。

显然，梅不亏心里的问号还是没解开。他接着往下问：

"您每次抓上那个画圈儿的阄儿之后，为嘛不打开看看别的阄儿？"

"看别的阄儿干嘛，一定都是白纸了！"

"每次的阄都是我做的。您就不怕我把所有阄儿都画上圈儿，叫您无论抓上哪个阄儿，都得付钱？"

"你不会。"田大头说完，摆摆手，咧开嘴傻乎乎地笑了。

梅不亏两眼盯着他，疑惑不解。田大头是真不明白，还是装糊涂？他为嘛装糊涂？但他今天似乎非要弄明白不可，接着再问：

"您现在不想问问我吗？"

"问你干嘛，那些饭咱早吃过了，钱也早付完了。"

"您就从来没疑惑这事吗？"梅不亏已经是在逼问了。现在就差自己把实情说出来。

"疑惑个嘛呢。你们不就是叫我请吃个饭吗？抓阄儿不就是为了一乐吗？不抓阄儿我也一样掏钱——"田大头沉吟一下，说了一句很特别的话，"叫别人掏钱，我过意不去。"

这句话叫梅不亏怔住。

如今，田大头这样的人没有了。这样大头的人也没有了。

織署大火

天津署中本有水龍一條，資歲本及，遂用電話通報各署，一面遣人回出告警，少頃地方文武自左康訪仇，參戒以次各官及城內外各水龍皆飛馳而至福火灌救，約二小時之久，始行撲滅，計焚去署中西偏房屋凡廳西賬房書寿戲臺等凡八間，潤棄西賬房起火，當日械南衣趕即查先失事之人（丙）

侯老奶奶

天津卫，阔人多，最阔要数八大家，就是无人不知的天成号韩家、益德裕店高家、长源店杨家、振德店黄家、益照临店张家、正兴德店穆家、土城刘家和杨柳青石家。有的由粮发家，有的贩盐致富，有的养船成豪。这些豪富们高楼巨屋、山珍海味，穿金戴银，花钱当玩。

人阔了就要招摇。官家要炫势，阔人要摆阔，名人要扬名。

阔人总得有阔事。于是，办起红白喜事，你从东城闹到西城，我从城里闹到城外；开粥厂济贫，你一连七天，我一连三个月。可是这些事多了就不新鲜。既然是阔事，总得要人记得，不然花钱也是白花。有人说海张五家掏钱修炮台，算一件阔事。可是细想想，他修炮台这事，不过是为了向官府讨好，哪个生意人不谄媚于官家？这算不上纯粹的阔事。

咸丰十年夏天，西城的侯家干了一件事，不仅八大家无人能比，古今没有，空前绝后。

马上侯家的老奶奶要过八十大寿了，全家筹备，忙上忙下，以贺老寿星的耄耋之喜。眼瞅着家里家外给鲜花、灯彩、寿幛装点得花花绿绿，渐渐热闹起来，老奶奶坐在那里，却忽然掉下泪来。大家不知为嘛，大老爷过来一问，老奶奶才说：

"我这辈子嘛都见过，可就没看过火场，连救火的水机子嘛样也从来没瞧见过。二十年前小仪门口那场大火烧得天都红了，在咱家屋里也照出了人影儿，城里人全跑去看。你爹——他过世了，我不该说他——就是不叫我去看。我这辈子不是白来了？"

说完脸蛋子耷拉着挺长。

大老爷心想，老人的事只能顺不能戗，若要不叫老奶奶看一次火场，眼前这生日无论怎么筹划，也难叫她高兴起来。可是着火的事哪能说来就来。侯家中的二管家鲍兴机灵能干主意多，他对大老爷说：

"这事您就交给我办吧。我保管叫老太太乐起来。"

大老爷问他有嘛好主意，他说出来，大老爷笑了，叫他快去办，一定要在老太太生日之前闹出这一出，否则要想把八十寿诞弄好了，别的嘛法子也不灵。

鲍兴拍马就去办。先到西门外小杨庄买了二十多间房，有砖瓦房也有茅草屋，有的房子连里边的家具物品也出高价买下。跟着跑到北城朝阳观那边的清远水会，拜会了会头韩老七。天津卫人多，房子挤，着起火来就烧一大片。救火就得靠水会，城里边最大的水会是清远水会。鲍兴把上门来请韩老七帮忙的事一说，韩老七满脸的褶子全垂下来，对鲍兴说：

"你这不是叫我去演救火？我是救火的，又不是戏班子。"

鲍兴笑道："这事您要不干，叫别人干了，您可就亏了。"说着把一沓银票撂在桌上。看着这些银票，韩老七不吭声了。

事情说好之后，鲍兴便找人在小杨庄外一块空地上用苇席杉篙搭了一个棚子，摆好座椅和八仙桌，像每年天后诞辰富人家看皇会用的那种大棚，又宽敞又舒服。这一切鲍兴安排得很快，前后只用了四五天时间全摆平了。大老爷夸他，鲍兴说：

"哪是我能干，是因为您有钱，有钱能叫鬼推磨。"

这天黄昏，老奶奶正在房里喝茉莉花茶、嗑酱油瓜子、嚼京糕条，忽然鲍兴跑上来，一边叫道："老奶奶，西城着大火了，我接您去看。大老爷在门口等着您呢！"这兴奋劲儿像是去看大戏。

老奶奶说："可看着火了！"一高兴，差点栽一跤。

到了门口，大老爷站在那儿迎候。门前停了一排六辆枣木包铜的轿车。老奶奶给人扶着上了车，一路威风十足出了小西门，很快就看到前边火光闪闪。老奶奶下车，上了高大的席棚，棚子正面对着火场。她也没问这棚子是干嘛用的。

老奶奶一落座，火势即起，火苗蹿起三丈，火场大得出奇；浓烟滚滚，火光夺目，不仅照亮了天，把老奶奶这边也照得雪亮。老奶奶扭脸左右一看，不仅全家老小都来齐了，后边还坐着一些平时家中的常客，好像陪她看戏。

随即大锣响起，一队人马由远而近，都穿着黄衣衫、紫坎肩，用墨笔在前胸后背写着两个大字"清远"。为首一老者，辫子缠头，银髯飘拂，身形矫健，步履如飞，带着十万火急的架势。一手提着一面井盖大的大铜锣，一手执槌不停地敲，声音连成串儿。他围着火场，转一大圈。

鲍兴跑到老奶奶跟前俯下腰说：

"这是咱天津最大的清远水会。敲锣的是会头韩老七。现在他敲的这锣是'传锣告警'。天津城内外各水会听到，全都会赶来救火。他跑这一大圈是'下场子'。他圈定的火场，只能水会进，其他任何人都不能进。"

老奶奶说："干嘛不叫人进？"

鲍兴笑道："怕有人趁乱拿东西——趁火打劫呀！"接着说，"救火这就开始，各大水会的人已经全赶来了。"

不一会儿，耳听着一串串锣声由远而近，跟着就看到各水会挥旗而至。他们服装不一，颜色分明，各列长队，手执钩叉，纵入火场，齐刷刷勇不可当。老奶奶终于瞧见了水机子。一个重重的大木箱子，四个壮汉抬着，箱子上边的木架子横着一根压杆，两个身穿号服的人一头一个，像小孩打压板那样你上我下、你下我上，一条银白色的水龙便喷射出来。很快就有十几条长长的水龙飞入火海。熊熊烈焰加倍升腾。

在火场前，各会的会头与韩老七好像合唱一台戏，手中锣声相答互应，居然就把各水会调度得你东我西、你出我入、你前我后、你退我进，配合得天衣无缝。好比打仗布阵，井然有序。一时火光照天，浓烟翻腾，火星飞溅，人影腾跃。这种凶猛又骁勇的场面，戏台上是绝看不到的。火势最猛时，都感到热浪扑面，好像大火要烧到身上。老奶奶忽指着大儿媳妇叫道："火在你的脸上呢！"她像一个小孙女看戏那样大喜大呼傻了眼。她周围的人一边连喊带叫，起哄造势，一边夸老奶奶有眼福，都说跟着老奶奶就是有福！

眼瞅着火势渐渐被压了下来，火苗小了，火光退了，一些水会开始"倒锣"撤人。南风起时，有些火星子刮过来。鲍兴上来问："老奶奶尽兴吗？"这话是请老奶奶起驾回府。

老奶奶起身时说："我这辈子值了！"

大老爷在旁边听了，心里的石头落了地，这么一来，下边寿诞的事全好办了。转天叫鲍兴给清远水会送去满满两大车桂顺斋的点心，其余各会也分别以点心酬谢。给各会犒劳点心，是天津卫的规矩。

　　到了六月二十三火神祝融的生日，水会设摆祭神，侯家又送去厚厚一份份子，而且从此年年如此。这一来，侯家老奶奶花钱看着火这事也就给人传了下来。

大胡同火

要来干预

昨夕聖彼得堡王来電
云現在俄京政界中人以中
國向四國借款将来省税
餉權為抵押乙經簽押安
結真計劃顯見齒四國之
势力對待日俄但應如何设
法以抗拒也云、

（旦）

查理父子

查理父子

自打洋人进了天津，长相像洋人的人也成人物了。

查家老二又胖又壮，鼓脑门儿赛球，肚大赛猪，臀肥赛熊，钩鼻子赛鹰，深眼窝赛猩猩。胳膊腿儿还有毛儿，更赛洋人。要在平常，这长相还不叫人嘲弄取乐？现在洋人有钱有势，他这长相也变得金贵、吃香了。有人说他是水西庄查家的后人，查家都是地道的文人墨客，哪来这种神头鬼脸？查家哥仨，唯独他这个长相，难道他是个野种？

可是人家查家老二不觉得自己这副长相别扭，相反看准自己这长相有用，反其道行之，索性装起洋人，留起鬓角，蓄足胡须，学说洋话，举手投足各种做派全学洋人。而且还穿上洋装，穿得分外讲究。比方裤裆要短，才好叫前边滚圆的肚子凸出来，后边的屁股翘上去。他说，国人的屁股垂着，洋人的屁股翘着，所以洋人看起来精神。

他在洋行管海运，外出办事时常常叫人误当作洋人。这种误会给他的感觉极好。洋行里的同事便打趣给他取一个洋名，叫查理。查字与他的姓氏同字同音。他喜欢这名字胜过本名。以后熟人就叫他查理，真名便没人知道了。

查理刚五十，腿脚爽利，却喜欢执一根洋手杖。多半时间，不是挂着，而是拿着。他爱喝咖啡，但他儿子说他在家从不喝咖啡，喝大碗的花茶，喝咖啡睡不着觉。他出门不坐火车，爱坐飞机；那时洋人出远门多坐飞机。他常把"我明天飞上海"或者"我刚飞回来"挂在嘴边。他给儿子取的名字叫查高飞，小名飞飞。

他坐飞机遇过一险，听了叫人头发倒立。

那次他在上海出差办事，办完事后便买张机票，想快快回家，和儿子飞飞亲热亲热。到了机场后觉得事情还留着个尾巴，应该办圆满了再回去。他掏出票来想退，又有点犹豫。这时跑过来一个中年男人，脸消瘦，气色暗，谢顶，急急渴渴对他说：

"您要退票吧，给我吧。这班机没票了，我急着回去！"

当时查理心里还有点犹豫不决。这谢了顶男子拉着他的胳膊说："我娘病了，快不行了，一连三个电报催我马上回去，怕晚了就见不到了。您得帮我！求您了！"他说的是天津话，乡音近人，叫他动了心。

查理便把票让给了他。这人掏出一把钱塞给查理，也不算钱，千恩万谢急匆匆走了，中间还停下来回头对他喊道：

"我住东门里大街三十七号，姓华，您在中国有事找我！"

查理觉得自己帮了人家，人家还把自己当成洋人。他自我的感觉挺好。随后他又想这人真是急糊涂了，自己若是洋人，怎么会听懂他的中国话？

他回到旅店重新住下，转天就听说他昨天回天津要坐的那架飞机出了事，满满一飞机的人全丧了性命！

他的命实实在在是捡来的。

等到他人回天津，全家人，还有整个洋行上上下下人都为他庆幸，夸他命大，大难不死，才是大福。那天若不是那个谢顶的男人买走他的机票，说不定他就上了飞机，一命黄泉。

为什么就在他上机前的最后一刻——心里还在为是否退票而犹豫不决时，这个人突然出现了？这不是替他一死吗？洋行里的同事们围着他纷纷议论这事时，他忽然说：

"这人姓华，他告诉我他家的地址，我记得！我得到他家去看看。"

同事们说："你可不能去，人家不知道原先是你的票。要知道，还不吃了你。"

查理说："这可不怪我，是他死活非买我的票。是他该死，我该活！"说到这儿他有点得意。

事后，行里一位年纪大些的同事对他说：

"这该死该活的话你以后就别说了。你和这人的命里有结。你不能咒他，小心'父债子还'，一命偿一命。"

这话叫他听了后背发凉，心里发瘆。

另一位同事在旁边看他的神气不对，说："别信什么冤结报应，这都是中国人自己吓唬自己，洋人从来就没这套，你不是查理吗？"这话引起大家笑了，他也笑了。

一件事不管多强烈，日子久了，便被重重叠叠的生活埋起来，渐渐也就忘了。十多年后，飞飞都已成人。但飞飞一直还没结婚成家，他迷上一位影星。这位影星分外妖娆，连娇里娇气说话的声音都挠他心。可是这影星大他七岁，也从来不认识他。他对她是单相思，完全不沾边，他却非她不娶。一天飞飞听说她在杭州举行新片的开拍仪式，执意去见她一面，谁也拦不住他。他瞒着查理跑到老龙头车站，当天没有去杭州的车次，掉头又到机场，去上海的飞机两班，上一班飞机票卖完，只有下一班的飞机，可是下一班飞机到上海已是半夜，从上海到杭州还有一段路程，时间不赶趟，他费了老大劲，找到一位上一班飞机的乘客，死磨硬泡要跟这人换票。他心里好像有一股劲，好像中了魔，非要上这架飞机不可。最后又加上两倍的钱，才把这班飞机的机票弄到手。

他上了飞机。谁会知道飞机会出事，谁会知道他居然会和当年那个谢了顶、替爹去死的男人一样。可他是替谁去死？

事情过去许久，家里人也没把这件事的实情告诉查理，只说飞飞为了追求一个女人出了国。他们以为成功地瞒住了查理。但哪里知道查理早就知道这件事并查明了真相。查理不捅破这事，是因为他领略到命运里因果这东西的神秘和厉害。

文明举动

昨日下午一钟余，有两人某甲乘坐马车，由南向北驰骋而来，行至贾家大摘，误将胥辘衕轧伤颓部，当经该晨岗警，呜哨追回，该两人一再支吾，始两日裁在洋务局作事，再则曰我同你上院後，由该警兵丢曲婉转搀理，力争方肯同到局中，此後若何了结不得而知

八月十八日午後河南省恒大鼓樓下有人力車
夫糊車天閒坐無事聞八鼓及街上即有
「報告同胞勿用景貨」八字車夫張某有
備請顧来人以實告張某即
起身上前審某某國輸入之
小碼說下撕裂片序
仰天呼曰「吾華今
生為再用某國貨
物賣完亦非令邊
赤身冒雨者非日
次早始賣一本布
小務其事噴傳湘
者響應甚衆
兩某國集件行
某大樂序久貨
落嘆以一下等勞
動者且能熱誠愛國
若此彼衰袁諸公
應愧无英

绿袍神仙

车夫吴老七的命该绝了。屋里没火，肚子没东西，愈饿就愈冷，愈冷就愈饿。难道就在比冰窖还冷的屋里等死？虽说三更半夜大雪天，没人用车，可是在外边总比在家等着冻成冰棍强，走着总比坐着身上有热气儿。他拉车走出来。他拉的是一辆东洋车。

他一直走到鼓楼十字街口，黑咕隆咚没个人影，谁半夜坐车出门？连野狗野猫都冻得躲起来了。他没劲儿再走了，站在那儿渐渐觉得两只脚不是自己的了。

这当儿，打鼓楼下边黑糊糊的门洞里走出一个身影，慢吞吞走过来。这人拄着拐，也是个老人，也是个饥寒交迫的穷老汉向自己来寻吃的吗？

待这人渐渐走近一看，竟不是穷人，怕还是一位富家的老翁呢。身穿长长一件绿色的棉袍，头戴带护耳的皮帽，慈眉善目，胡须很长。这老翁相貌有点奇异不凡。虽然不曾见过，却又像在哪儿见过。不等他开口，老翁说："去东门里文庙牌坊前。"说着老翁就上了车。吴老七心想这是老天爷开恩，大半夜居然还有活干，不觉身子有点劲，拉起车往东门一路小跑。路上他不敢说话，怕费劲。车上的老翁也一声不吭。东门内大街空荡荡只走着他这一辆车。走着走着，他忽然觉得车子有点重。人还能变重？是不是自己没劲儿了？正寻思时，车子更重了，像是拉了半车石头。他觉得不对劲，停下车来，回身一看，天大的怪事出现在眼前，车上的绿袍老翁不见了，空无一人！定睛再瞧，车座上放着一大一小鼓鼓囊囊两个袋子。他扒开一瞧，小袋子里竟然全是糕食，大袋子里居然满满的银钱。他再往四下看，冰天雪地里还只是他一个人——还有一车银钱！更叫他吃惊的是，车子就停在离他家不远的地方。

吴老七有钱了，而且有了太多太多的钱，又是铜钱，又是银子，还有小金元宝。吴老七天性稳重，在码头上活了几十年，看的事多。他明白钱多了是福也是祸。他没有乍富炫富显富露富，而是不声不响，先在小窝棚把自己将来的活法盘算好，把钱藏好，再走出窝棚，一步步照计划来。

最先开个早点铺，再干个小食摊，跟着开菜馆、饭铺、酒楼，他做得稳健。在旁人眼里，他是一步一个脚印干起来的，绝看不出一夜暴富。继而他在鼓楼、北大关、粮店街最火爆的地界，开了一个像模像样的九河饭庄。他干吃的，缘于他多半辈子都是饿过来的。干饭铺不会再饿肚子，而且干饭铺天天能见到钱，还都是现钱。人有了钱，法子就多了。吴老七用尽脑筋，加上拼命玩命，把买卖干得有声有色，家业也一路兴旺起来。然而，当年那位绿袍翁送他那个钱袋子却一直存着，袋子里的几个小金元宝也原封没动，这因为他心里边始终揣着那位在寒天冻地里忽然出现的救命恩人。

可是那位绿袍老翁到哪儿去找呢？吴老七没少使力气。从街头寻觅，到串门查访，中间还闹出认错了人的尴尬和笑话，却始终寻不到一点点踪影。他细细琢磨，这事还有点蹊跷。比方那绿袍翁的长相就非同常人。他找遍城里城外，还真没有如此慈眉善目的长相；再比方这绿袍，谁会穿绿色的袍子？天津人的袍子，黑、蓝、灰、褐全有，唯独没人穿绿。有人和吴老七打趣说，戴绿帽子的有，天津有过一位总绷着脸儿的县老爷就叫人戴过绿帽子。

最蹊跷就是这一袋子钱了。天津卫有钱的人多，有钱的善人也不少。但天津的善人开粥厂、施财、济贫、捐款，都做在大庭广众眼皮子底下，好叫别人看到知道。谁会把这一大袋子钱黑灯瞎火悄悄塞给一个快冻死饿死的人？把胳膊折在袖子里的事，从来没人干。

看来这绿袍翁是一位神仙，可这是哪位神仙？天津城里大大小小的寺观就有一百多座，天天香火不断，老百姓天天磕头，谁又见过神仙显灵？

这年秋天，吴老七在城南自家的"九河饭庄"的分号宴请几位商界的合伙人。他近来事事顺当，心里没别扭，大家满口说的都是吉祥话。人一高兴，酒就喝高。他从饭庄出来，转转悠悠走到鼓楼，乘兴爬了上去。鼓楼高，又居老城中央，从这里凭栏远望，可以一览全城风景、十万人家。吴老七看得尽兴，看得痛快。再给风一吹，更是舒服。他要回家好好睡个午觉；待要下楼，一转身的时候，忽见楼梯那边有个人正在看他。这人模样慈祥和善，长须飘拂，有点面熟。他停住身子认真一瞧，这人竟然身穿绿袍，哎呀！不就是救过他命、有恩于他、找了十多年的那个绿袍翁吗？长相也完全一样呀！他慌忙跑过去，再看——哪里是人，竟是一尊神像。怎么是一尊泥塑的神像，分明是绿袍翁啊。

鼓楼不是庙，里边的神佛都是有钱的人家使钱请来的，信谁请谁，这位是谁？他问身边一位不相关的人。人说：

"你连他是谁也不知道。保家仙，胡三太爷呀！"

他当然听说过保家仙，胡黄白柳灰几位神仙，护佑全家平安有福。可是他一辈子没钱娶老婆，鳏寡孤独，没有家，自然也没给保家仙烧过香。哪知道这位穿绿袍的胡三太爷慈悲天下，看到了他这个要死的人，显灵于世，救了他，还让他一步登天富了。原来绿袍翁是他！对呀，那天他不就是从这鼓楼下边的门洞里走出来的吗？他咕咚一声趴在地，连连磕头，脑袋撞得楼板直冒烟，而且一直磕个不停，等到给旁人拉起来，脑门撞出血来。

旁人不知他为什么这么磕头，以为他遇到横祸，或是想钱想疯了。这事却只有他自己明白，不能说。自此，每年逢三九天最冷的日子，深更半夜，他都会爬到鼓楼上给这绿袍神仙烧香磕头。他心里盼着神仙再次显灵，他要面谢他，可是每次见到的都是纹丝不动的泥塑木雕了。

乞丐亦知愛國

日前有一乞丐手在烟台某商號行乞正值該號人閱有商會籌還國債傳諭募捐而回見乞丐悠不久汝即無人曰外人將欣分吾國偏一經從分外人豈容汝自由行乞汝乎再久間尚有摄粮又笔者口看汝不見商會兩紳之傅望手武業能排传呈上丹說的國債籌議清楚即可允分文禍但國債太庭非一二人而能籌還妓商會擬辦理國民捐五六馬聞之五時揣腰中銅元二枚倒錢三十七文一律繳出誠號收存先作國民捐天云嗣後每日奉繳五文意以一乞丐尚且熱心愛國如此可以愧世之守財奴矣

包辦酒席

庖丁
大意

河北大闹市肩
西杜家
饭馆有厨丁
某甲者手
初七日午刻因
炼花椒油、
油大喷出高约
数尺甲恐
失慎手怗脚乱、
旋将勺油
倒在葡胸甲倒
地奄奄欲
毙未悉能偾
全性命否（石）

胡　天

胡

天

胡天，一个大白话，嘛事也不干，到处乱串，听风就是雨，满嘴跑火车。再添油加醋，添点歪的，加点邪的，扯些不着边际的。也别说，这种胡说人们还好喜听，好喜知道，好喜传。正经八百的事有嘛说道呢。

这两天胡天到处说一件事：劝业场大楼剪彩那天，有个干买卖破产的人从这楼顶跳下来，正好马路中央下水井没盖盖儿，大口敞着，这人恰恰好好不偏不斜一头栽进去。人们捞了半天没见人影，这人竟给井里边的水冲进了海河，捞上来居然还活着。这个荒唐透顶的胡诌，一时传遍了天津，而且传来传去，这个人居然还有名有姓了。

再一件事，更瞎掰，传得更厉害。据说也是打胡天的破嘴里冒出来的——

说的是大盐商罗仕昆家的大奶奶吃橄榄，叫核儿卡在食管里了。橄榄核儿不像鱼骨头，咽一块馒头就能顶下去。核儿两头尖，扎在食管两边，愈咽东西扎得愈牢，愈疼，喝水更疼，疼得直蹦，叫老爷急得在屋里背着手转来转去，有钱也没辙。这时忽然有个老道从门口路过，说能治百病，罗家的用人上去一说，老道说能治，便赶忙把老道请到家中。

　　这老道青衣黑裤，长须长发，斜背布囊，手挂一根古藤杖，这种人一看，总跟深山老观连着，气相异常不凡。老道问明白大奶奶病由。解开背囊，拿出个竹筒，拔下塞子，往外一倒，竟是一条七寸青蛇，光溜溜，筷子一般细，弯起小脑袋口中不停地吐着信子，不知有没有毒。老道把青蛇放在小碗里洗了洗，对大奶奶说了一句："它不伤人。"然后叫大奶奶把嘴张大，只见老道手一甩，袖子上下一翻，那小青蛇已经进了大奶奶口中。大奶奶先惊，后呆，两眼朝天，身边的丫环以为大奶奶咽气了，未及呼喊，却听大奶奶说：

　　"凉森森到肚子里了。"

　　道士俯下身子问：

　　"那核儿呢？"

　　大奶奶竟说："没了。怎么没了？"她瞪大眼睛，感到惊讶。

　　道士说："叫我那青儿顶下去了。"随即给了大奶奶一包朱砂色的药末子，叫大奶奶冲了喝下。道士说，这药末子下去一个时辰后便会出恭，那小蛇自己会跟着一块儿出来。道士嘱咐道，这小蛇万万不可倒入粪池，一定要用井水洗干净后送到河里或水塘中放生。道士说罢起身告辞而去。老爷再三道谢并送一大包银子给他。

大奶奶喝掉药末子后，肚子开始发胀，有股气咕噜咕噜，跟着放两个响屁，出恭时屁眼奇痒，原来是道士的"青儿"爬出来了，同时那橄榄核儿也咔嗒一声掉在恭桶里。

老爷忙叫人把小青蛇洗净，拿到海河放生。老爷是念书的人，知道的事多，心想这老道为什么用"青儿"解救大奶奶，而且如此灵验？蛇是保家五大仙中的柳仙啊。这老道必是柳仙化身来救他家的。想到这儿，当即叫人去纸画铺请来一幅五大仙像，挂起来，烧香磕头，磕头烧香。

这事一传开，天津卫就洛阳纸贵，买不到五大仙像了。天津的神像都是从出名的画乡杨柳青张家窝那边趸来的。据说很快连杨柳青那边也买不到五大仙像了。

今年以来，天津卫传得最厉害的事，全是打胡天的嘴说出来的。其中一事有鼻子有眼儿，而且有年有月有日——就是今年七月二十八日天津卫要闹大地震。翻天覆地，房倒屋塌，鼓楼成平地，租界变开洼。最厉害的是娘娘宫要被夷为平地，娘娘塑像顷刻间化作一堆黄土。这就麻烦了！天津人都知道当年建娘娘宫时，老娘娘像的下边是海眼，直通渤海。老娘娘屁股坐在这儿，就是为了镇住大海。老娘娘的像绝不能动，一动海水就从这海眼里冒出来，立马万里汪洋，淹掉天津。这传闻吓坏了天津人。这些天去娘娘宫烧香的人眼瞧着多起来。老城里地势低，平日下雨时雨水都从街上往屋里倒灌。海水一上来怎么办？于是家家户户都在门前筑拦水坝，杂货店里淘水用的木桶铁桶连同水舀子也被抢购一空。

还有个传闻更好玩。刚刚到任的天津警察局长细皮嫩肉，弯眉俊眼，女里女气，纯粹一个娘儿们局长。胡天说，他听人说，这局长是个"二尾子"，单身一人，结过两次婚都没孩子，最后全离了。至于为嘛没孩子，就任凭人们瞎掰去了。

这话如果叫新局长听见可就要麻烦，人家可是能够拿枪抓人的警察局长。

人人都说这事从胡天说的，可胡天说打死他也不敢去惹新到任的警察局长。一连好几天，胡天没有公开露头，有人说他吓得躲在家，有人说他给这新局长弄进去了。

其实，胡天嘛事也没有。

这天下晌他在四面钟附近，给两个穿袍子戴礼帽的男人拦住，人家说话挺客气，说要请他吃饭，把他拉进一个馆子。这两个人一个面黑，长得威武，一个脸白，模样英俊。不等他问，其中面黑的人说："我们是警察局的。"然后直截了当问他，"是你说我们局长是二尾子？"

他慌忙摇手否认。面黑的便衣警察接着问他：

"你认不认都一样，反正现在全天津没人不知道警察局长是二尾子。你说该怎么办？"

胡天干瞪眼，不知怎么回答。

旁边那个白脸的警察笑嘻嘻地说："你能不能再加上几句，叫这位老娘儿们在天津待不住，滚蛋算了？"

胡天一听，蒙了。他没马上听明白。可是他四十多岁了，脑子够用，又在市面上混了二十年，嘛不懂？嘛能不懂？

　　警察找他，原来不是因为他满口胡天，妖言惑众，辱
骂局长，恰恰相反，人家是想借他的巧舌和烂嘴，再给这
娘儿们局长泼几盆脏水，把他赶走。

　　这事对他不难，但他有他的打算。他笑嘻嘻对这两个
便衣警察说："你俩听说过盐商家罗大奶奶吞橄榄核那
个段子吧，那可是我特意为天祥画铺编的，这段子立竿见
影，直至今天五大仙像还是供不应求！"他停了一下，接
着说，"再有，今年闹大地震的传闻也是我帮振兴木桶厂
造的，木桶也一直断货。你们俩可听明白，我可不是白
编——白说的。"

　　白脸警察露出会意的笑，从衣兜掏出十个银元哗地撂
在桌上。

　　黑面的警察说："真是做嘛买卖的都有，敢情你胡说
八道也能赚钱。"可是他忽然板起脸说，"这娘儿们要是
走不了，我们可还来找你。"

　　胡天笑道："不是谁胡说八道都能赚钱。"然后眼睛
看着这黑脸白脸两个警察，把银元揣在兜里走了。

　　十天后，上上下下到处都说新任警察局长正托人找一

个太太。他这太太要得特别，要身上有孕的，当然这事不能叫人知道。

　　两个月后，这位新局长便给上边调走了。

《醒俗画报》图画

至孝可嘉

嘉可孝至

河东界東夫仙對
過居住夫仙
蔡園孫君順與云母
惠兩甚重孫
君已出嫁之胞妹李氏
年二十四歲因
痛母病臥愈情切竟
自割肩肉一片
羹湯令進此舉難得
此自是斯然
其至孝亦殊可嘉咸
里無不讚歎云至
爛侵曰中國近今人
心之日綠者留曲于自然
為不惑年一哭。

急宜查拿

近有一種匪徒於河北
大街路孟洲金鑲開
支處發秋工價時偽作
由芟洲回埠者以自
然銅偽充真金佯賣
以圖騙人昨有城內
某甲赴聞支處取洋
五元·被該匪等以
騙以洋五元買回偽
金一塊·至家示人
始知受騙·其妻以
補節在遺失此
莲款終日勃谿殊屬
其甲會責慢宜以
致被騙而作偽匪徒
罪實難逭·有該
管地責者·亟宜查拿
懲辦·以免愚民受欺

泡泡糖

泡泡糖

二三十年代，大上海和大天津，一南一北，一金一银，但说不好谁金谁银。反正两大城市的金店，大大小小全都数不过来。

天津卫最大的金店在法租界，店名黄金屋。东西要多好有多好，价钱要多贵有多贵。天天早晌，门板一卸，店里边的金子比店外边的太阳亮。故而，铺子门口有人站岗，还花钱请来警察在这边的街上来回溜达。黄金屋老板治店有方，开张十五年，蚂蚁大小的事也没出过。一天，老板在登瀛楼饭庄请客吃饭，酒喝太多上了头，乘兴说道："我的店要出了事，除非太阳打西边出来，不——"跟着他又改了这一句，"打北边出来！"大家哄堂大笑，对他的话却深信不疑。可没想事过三天，事就来了。夸口的话真不能乱说。

那天下晌时候，来了一对老爷太太，阔气十足，全穿皮大衣。老爷的皮大衣是又黑又亮的光板，太太的皮大衣是翻毛的，而且全是雪白柔软的大长毛，远看像只站着的大绵羊。天气凉，她两只手插在一个兔毛的手笼里。两人进门就挑镶钻的戒指，东西愈挑愈好。柜上的东西看不上眼，老板就到里屋开保险柜去取，这就把两三个伙计折腾得脑袋直冒汗，可她还总不如意。她嘴里嚼着泡泡糖，一不如意就从红红的嘴唇中间吹出一个大泡泡。

黄金屋向例不怕客人富。金煌煌钻戒放在铺着黑丝绒托盘里，一盘不行再换一盘，就在小伙计正要端走一盘看不中的钻戒时，老板眼尖，发现这一盘八个钻戒中，少了一枚。这可了不得，这一枚镶猫眼的钻戒至少值一辆老美的福特车！

老板是位练达老到的人，遇事不惊，沉得住气。他突然说声："停！"然后招呼门卫把大门关上，人守在外边，不准人再进来。这时店里刚好没别的客人，只有老板伙计和这一男一女。

太太一听说钻戒丢了，破口大叫起来："混蛋，你们以为我会偷戒指？我身上哪件首饰不比你们这破戒指值钱！到现在我还没瞧上一样儿哪！"

老板不动声色，心里有数，屋里没别人，钻戒一准在这女人身上。劝她逼她都没用，只能搜她身。他叫伙计去把街上的警察叫来。警察也是明白人，又去找来一位女警察。女人才好搜女人。这太太可是厉害得很，她叫上板："你们是不是非搜不可？好，搜就搜，我不怕搜，可咱得把话先说清楚，要是搜完了没有怎么办？"她这话是说给老板的。

老板心一横，拿出两个沉甸甸的金元宝放在柜台上，说："搜不着东西，我们认赔——您把这两个元宝拿走！"黄金屋的东西没假，元宝更没假，每个元宝至少五两，两个十两。

于是，二位警察一男一女上来，男的搜男的，女的搜女的，分在里外屋，搜得十分仔细；大衣、帽子、手笼、鞋子全都搜个底儿掉，全身里里外外上上下下，连舌头下边、胳肢窝、耳朵眼全都查过。说白了，连屁眼儿都翻过来瞧一遍，任嘛没有。老板伙计全傻了，难道那钻戒长翅膀飞了？但东西没搜到，无话可讲，只能任由人家撒火泄愤、连损带骂，自己还得客客气气，端茶斟水，赔礼赔笑。

那太太临走时，冷笑两声，对老板说道："好好找找吧，东西说不定还在你店里。真要拿走还不知谁拿走的呢！"说完把柜上俩金元宝顺手一抄，挎着那男人出门便走。黄金屋老板还在后边一个劲儿地鞠躬致歉。

可是老板不信一个大钻戒在光天化日之下说没就没，他把店里前前后后翻个底儿朝天，依然不见钻戒的影儿。老板的目光渐渐移到那几个伙计身上，可这一来就像把石子扔进大海，更是渺茫，只能去胡猜瞎想了。

两个月后一天早上，按黄金屋的规矩，没开门之前，店内先要打扫一遍。一个伙计扫地时，发现挨着柜台的地面上有个灰不溜秋的东西，赛个大衣扣子。拾起来一看，这块东西又干又硬，一面是平的，一面凹进去一个圆形的痕迹，看上去似乎像个什么，便拿给老板看。老板来回一摆弄，忽用鼻子闻了闻，有点泡泡糖的气味，他眼珠子顿时冒出光来，忙问伙计在哪儿拾的，小伙计指指柜台前的地面。老板先猫下腰看，再把眼睛往上略略一抬，发现这两截柜子上宽下窄，上截柜子向外探出了两寸。他用手一摸这探出来的柜子的下沿，心里立刻真相大白——

原来那天，钻戒就是那女人偷的，但她绝就绝在没把钻戒放在身上，而是用嘴里嚼过的泡泡糖粘在了柜台下边，搜身当然搜不到。过后不定哪天，来个同伙，伏在柜台上假装看首饰，伸手从柜台下把钻戒神不知鬼不觉地取走。再过去一些日子，泡泡糖干了，脱落在地。事就这么简单！现在明白过来，早已晚了三春。可谁会想到那钻戒会给一块破糖变戏法赛地"变"走，打古到今也没听说有这么一个偷法！

这时，他又想到那天那女人临走时说的话：

"好好找找吧，说不定东西还在你店里。"

人家明明已经告诉自己了。当时钻戒确实就在店里，找不到只能怪自己。

记得那女人还说了一句：

"要拿还不知谁拿走的呢！"

这话也不错。拿走钻戒的肯定是另外一个人。但那人是谁？店里一天到晚进进出出那么多人，更无从去找。这事要怪，只能怪自己没想到。

再想想——那一男一女不单偷走了钻戒，还拿去两个大金元宝，这不是自己另外搭给人家的吗？多冤！他抬起手啪啪给自己两个耳光。这一来，天津卫的太阳真的打西边——不，打北边出来了呢。

拐案成讼

拐案成讼

伴我書千巻

叫人花戈簾

丹圖定縣人蘇目由該縣拐得潘氏之女（年大悉）來津在某月館託王某說合如與侯家後某為娟租價二百六年為滿蘇澤南籍後由該天某家在縣吾至潘氏適有天表串楊振伺克捕役偵詢然又得財情形即將該氏查獲二廂二嫣成蘭不知如何了

电车公司司机人於日前在西门外景乐茶园内众议闹罢工缘因该公司定章每日行车之时限太长司机人涂替班用饭外道无休息时间以致同盟罢工要求订立休息时间以重衞生故日昨电车开行时均停该公司内之执事及巡察等掯充司机云益闻电车公司总理令即另招募司机之人以资任使其罢工人等均不復用矣。

瘠瘦同工人進步之速真可贺也。

为工者尚知结团、很自居為上等。社会者當若何。

同盟罢工

歪脖李

独眼龙本来就姓龙，兄弟排行老二，人称龙二爷。他坏了一只眼，人们背地叫他独眼龙。

龙二爷原先是画画的，画得相当好，后来左眼闹红眼病，听人说用娘娘宫的香灰冲水洗眼，能治眼疾，谁想愈洗愈坏，最终瞎了。挤着一只眼还能画好画？他一火，把砚台和墨全砸了，笔和纸全烧了。从此弃文从武，在家练气功，一直练到走火入魔。据说发起功来，院里那株比缸还粗的老洋槐来回摇，吓得一直住在上边的乌鸦全跑了，只留两个黑糊糊的乌鸦巢。

光练武靠嘛活呢？人家龙二爷过得可不比城里的富人差。尤其近几年，过得叫人羡慕。一家老小老婆孩子吃得个个脸蛋赛苹果，从头到脚穿戴光鲜，身上垂下来的坠儿链儿全都金灿灿；出门叫洋胶皮，串门坐玻璃轿车。龙二爷家住东城，靠近鼓楼，最喜欢去到南门里广东会馆的戏园子看戏。那里嘛戏都演，他嘛戏都看。他自打左眼坏了，总戴一副圆圆的小茶镜。戴镜子怎么看戏？这你就不懂了，懂行的听戏，不懂行的才看戏，人家龙二爷听戏。

再说，广东会馆里听戏最舒服，桌子椅子，油着大漆，又黑又亮，亮得照人；桌上有茶水喝，有点心吃，有瓜子嗑。

这一来，渐渐就有人琢磨他整天花不完的钱是哪儿来的。

人穷没人琢磨，人富必被琢磨。

城里边有个文混混儿歪脖李就琢磨上他了。文混混儿与武混混儿不同。文混混儿绝不弄枪弄棍，比凶斗狠；文混混儿认得字，心计多，用脑子杀人。这个歪脖李姓李，自小睡觉落枕，脖子歪了之后再没正过来，站在那儿，脑袋往一边撇着，所以人称歪脖李。

歪脖李的长相天生不讨人喜欢，青巴脸总绷着，光下巴没胡子，好穿一条紫色的长袍，远看像个长茄子。他人也住在东城，离龙二爷家不算远，知道龙家祖上两代有钱，而后家道中衰，到他这一代老宅子只剩下一大一小两道院。前几年女儿墙上的花砖掉了都没钱修补。他要是这么一直穷下去就对了，可是近几年龙二爷忽然咸鱼翻身，活得有劲儿了。大墙有钱修了，大门也换了。歪脖李还发现龙二爷的一大怪事——他家大门紧闭，从不待客，亲戚也不来串门。更怪的是他家里不用用人，有钱为嘛还不用人，家里有见不得人的事吗？歪脖李叫小混混儿去把龙家门口的土箱子都翻了，也找不出半点端倪。

表面愈是看不出来，里边就愈有东西。歪脖李派一个小混混儿装成收破烂的，坐在龙家不远的墙根，几条麻袋一杆秤扔在地上，脑袋扣一顶破草帽挡着半脸，从早到晚盯着龙家。还有两个小混混儿专事跟梢，只要龙家出来一个，一个小混混儿就跟上去，盯着这家每个人的一举一动。一张网就把龙家罩起来了。可是一连死盯三个月，还是嘛也没看出来。瞧上去，龙二爷就是一个只花钱不赚钱的大闲人，要不在家吃了睡、睡了吃，要不四处闲逛。他喜欢独来独往，不好交际，没朋友；听戏、听时调、听相声，全一个人，自己陪着自己。龙二爷倒是不嫖，从来不去侯家后那边寻花问柳。龙二奶奶几天出一趟门，有时带着孩子，有时独自一人，逛铺子买东西，每次买回来的东西都是大包小包，叫人看了眼馋。可他的钱是怎么来的，没人能知。

歪脖李忽想，这小子白天闲着没事，夜里呢，夜里干嘛？干嘛赚钱？歪脖李想不出来，想不出来就憋火。他真想派两个混混儿夜里翻墙到龙家看个究竟，可是传说独眼龙气功相当厉害，别叫他逮着。

终于一天，事情裂开一条缝，可以往里看了。

这天，龙二奶奶出门，手里拿个包儿，坐东洋车，一路向西，到鼓楼拐向北。歪脖李手下的小混混儿一直紧跟在后。车夫在前边小跑，小混混儿在后边紧追不舍，没走多远，车子停在城北路东的宜雅堂画店前，龙二奶奶下车进店。

二奶奶刚登台阶，一个穿长袍留长胡子的男人就迎出来，把二奶奶请进去，并神乎乎一起绕过屏风去到后边。沉了好一会儿，那长胡子的男人才把二奶奶送出来。二奶奶一脸春风得意，手里的包儿没了，空手坐车子回家。

小混混儿把亲眼所见全告诉给歪脖李。还说，画店那个长胡子的男子打听清楚了，是老板蔡子舟。

歪脖李有心计，想了一天，明白了大概，也有了办法。这天他用蛤蜊油把头发梳得亮光光，换一件干净的长袍，黑缎洒鞋，像去做客。随身带着一个小文混混儿，这小混混儿看上去弱不禁风，穿一身皂，手持一根亮闪闪的藤杆。藤杆打人比棍子疼。他俩一高一矮来到宜雅堂。

宜雅堂是老城里最大的画店，店面一连五间，满墙挂着名人字画，多宝格上都是上好的瓷器玉器。几把老紫檀椅子中间放一口画了一圈暗八仙的青花画缸，里面长长短短插满画轴。歪脖李是出名厉害的混混儿，一进门就把店里人吓坏了，好像吊死鬼耷拉着舌头进来了。

歪脖李谁也不理，拉把椅子坐下，那个留长胡子的店主蔡子舟已经赶到。歪脖李歪脸扭脖不说话，不说话比说话更吓人。蔡店主一个劲儿说客气话，他像全没听见。蔡店主心里打起鼓来，不知嘛事惹上了他。忽然，他扬起一张白白的脸冷不丁问道：

"你小子和独眼龙商量好，成心瞒我是不是？"

蔡店主一下蒙了。这句话好像一脚把自己一直关得好好的门踹开。他怎么开口就问到自己和独眼龙，独眼龙因为嘛事惹上他了？自己和独眼龙的事一直裹得严严的，谁会知道？独眼龙全供给他了？为嘛，难道现在独眼龙在他手里？谁都知道歪脖李很少出头露面，他亲自找上门来肯定不是小事。

蔡店主虽是老江湖，机灵练达，但素来胆小怕事，再一瞧歪脖李那张想杀人的脸，一张嘴就把藏在肚子里的

"秘密"全吐露出来——

"假画全是他做的，二奶奶送来的，叫我卖的。他作假作得确实好，我不说是真的，人家也都当真的买……

"他绝不能叫人知道他在做假画。知道了，画就没人买了。所以他不与任何人交往。白天闲着，装着无事，夜里干活……

"他'独眼龙'也是假的，他眼睛没事，独眼龙是造给人看的……

"他的气功也是假的，他怕人知道他有钱，偷他，劫他。拿假气功吓唬人……"

歪脖李摆摆手，不叫店主再说了。好像这些事早就在他肚子里，其实他对独眼龙和宜雅堂的事一点也不知道，只是他诡诈多谋，猜出大概，连蒙带吓，硬把事情的真相全诈出来。

这就说文混混儿有多厉害了。当然，更厉害的要看歪脖李接下去怎么干。

歪脖李把左腿的二郎腿换成右腿的二郎腿，换一种表情说："我再问你一句，你说独眼龙画得不错，为什么他不画自己的画，不写自己名字，非去做古人的假画？"

蔡店主这才露出一点笑容，说："自己的画卖不出价钱，名人的画才能卖大价钱。"

歪脖李听了嘿地一笑，说："原来画画也能坑人。"随后，他又板起脸对店主说，"我本想把你们的事折腾出去。那些花大价钱买了你们假画的人保准上门来找你们算账。这等于砸了你的铺子，也砸了独眼龙的饭碗。我今儿对你们开恩了，不给你们折腾出去了。你去找独眼龙，就说是我让你找他的，你们合计一下该怎么孝敬我。"说完抬屁股就走，头也没回。

不打不闹，不费力气，话也不多，句句如刀。歪脖李走后，蔡店主一动不动站在画店大堂，像根柱子。随后，宜雅堂关门休业，哪天开门营业没人知道。龙二爷家也是大门紧闭，没人进出，好赛全家出了门。去哪儿了，多久回来，也没人知道。半年后，宜雅堂悄然启门，照常营业；龙家也有动静了，家里的人有出有进，一如既往。可是歪脖李不一样了，他把家旁边一个当铺买下来，和自己的宅子打通，一并翻新，大门改成一个，大漆描金、虎头铺首，像个突然发起来的小富商。

图财害命

宣正二前月江苏桃源縣有災民，皆姓舉妻拥于洪難至士元縣境南鄉周姓田戶家尋覓身邦伴展二百元利埋茶間，官出縣程種田畝週周姓桃水硪開周蘚姓金良留荷其蹇竟用四人毒死隨後不能装命繼又以刀戮抱尸身埋入一月無人知覚近日復蚁嗅逃殳其父穌氣已逾遠迫周姓之婦德管及已身逐報其父謀蘚稿文計立赴上元縣鳴鼓嗷寃當經李大令前往勘験並派差将一千先犯拿獲到縣嚴刑審訊云

天降虫灾

豫省祥符通許一帶，今春頗呈旱象，至五月杪始得透雨，晚田頗好，咸有豐年之處。不意至七月上旬，變日墜雨而暴睛，竟化生無數黑身灰形如蟻，紅首異身，大者寸餘，田中禾稼盡被其傷，以黍穀之類為尤甚。蓋其葉被食淨盡，而穗則咬斷也。其潤零形狀不堪寓目，橡土八云若十日不退，將不免來之。噗非飽無懼有云，奇噗云。

罐儿

罐儿

罐
儿

155

第壹佰伍拾伍页

罐儿是码头最穷的人。

爹是要饭的，死得早，靠他娘缝穷把他拉扯大。他娘没吃过一顿饱饭，省下来的吃的全塞进他的嘴里，他却依旧瘦胳膊瘦腿，胸脯赛搓板。打他能走的时候，就去街上要饭。十五岁那年白河闹大水，水往城里灌。城内外所有寺庙都成了龙王庙，人们拿木盆和门板当船往外逃。他娘带着他跑出了城，一直往南逃难，路上连饿带累，娘死在路上。他孤单一个人只能再往下逃，可是拿嘛撑着、靠嘛活着、往哪儿去，全都不知道。

这天下晌，来到一个村子，身上没多大劲儿了，他想进村找个人家讨口吃的。忽然，他看见村口黑森森大槐树下有个窝棚，棚子上冒着软软的炊烟，一股煮饭的香味扑面而来。这可是救命的气味！他赶紧奔过去，走到窝棚前，看到一个老汉正在煮粥。老汉看他一眼，没吭声，低头接着煮粥。

他站在那儿，半天不敢说话。忽听老汉说：

"想喝粥是吗？拿罐儿来。"

他听了一怔。罐儿是他名字。他现在还不明白，爹娘给他起这个名字，是叫他有口饭吃。爹是要饭的，要饭的手里不就是拿个罐儿吗？

可是，他现在两手空空，嘛也没有。

老汉说：

"没罐儿？好办。那边地上有一堆和好的泥，你去拿泥捏一个罐儿，放在这边的火上烧烧就有了。"

罐儿看见那边地上果然有一堆泥，他过去抓起泥来捏罐儿。可是他从小没干过细活，拙手拙脚，罐儿捏得歪歪扭扭、鼓鼓瘪瘪，丑怪至极，像一个大号的烂柿子皮。老汉看一眼，没说话，叫他放在这边火中烧，还给他一把蒲扇，扇火加温，不久罐儿就烧了出来。老汉叫他把罐子放在一木案上，给他盛粥。当他把罐儿捧起来往案子上一放，只听咔嚓一声，竟散成一堆碎块。他不明白一个烧好的罐儿，没磕没碰，怎么突然散了。

老汉还是不说话，扭身从那边地上捧起一堆泥，放在案上，自己干起来。他先用掌揉，再用拳捶，然后提起来用力往桌上啪啪地一下下摔，不一会儿这堆泥就变得光滑、细腻、柔韧，并随着两只手上下翻卷，渐渐一个光溜溜的泥罐子就美妙地出现在眼前，好赛变戏法。老汉一边干活，一边说了两句：

"不花力气没好泥，不下功夫不成器。"

这两句话像是自言自语，又像是对他说的。他没弄明白老汉这两句话的意思，好像戏词，听起来，似唱非唱。

老汉捏好罐儿，便放在火中烧，很快烧成，随即从锅里舀一勺热腾腾香喷喷的粥放在里边，叫他喝。他扑在地上跪谢老汉，边说：

"我一个铜子也没给您。"

老汉伸手拦住他，嘴里又似唱非唱说了两句：

"行个方便别提钱，帮帮人家不叫事。"

等他把热粥喝进肚里后，对他说："这一带的胶泥好烧陶。反正你也没事，就帮我把地上那些泥都捏成罐儿吧。你照我刚才的做法慢慢做，一时半时做不好没关系。"

罐儿应声，开始捏罐。按照老汉的做法，一边琢磨一边做，做过百个之后，一个个开始像模像样起来。他回过头想对老汉说话，老汉却不见了。窝棚内外找遍了，影儿也没找着，怎么找也找不着。

窝棚里还有半锅粥，够他喝了三天。原打算喝完粥接着往前走，可是他待在窝棚里这三天，慢慢把老汉那几句似唱非唱的话琢磨明白了——

老汉不仅给他粥喝，救他一命，原来还教他做罐。

前边的两句话"不花力气没好泥，不下功夫不成器"，是教他活下去的要领；后边两句话"行个方便别提钱，帮帮人家不叫事"，是告诉他做人做事的道理。

这个烧陶的棚子不是老天爷给他安排的一个活路吗？那么老汉是谁呢？没人告诉他。

多少年后，津南有个小村子，原本默默无闻，由于有人陶器做得好都知道了。这人专做陶盆陶缸陶碗陶盏。这地方的胶泥很特别，烧过之后，赤红如霞，十分好看；外边再刷一道黑釉，结实耐用，轻敲一下，其声好听，有的如磬，有的如钟，人人喜欢，渐渐闻名，连百里之外的人也来买他的陶器用。他的大名没人知道，都叫他罐儿。他铺子门口堆了一些罐子，那时逃荒逃难年年都有，逃难路过这里，便可以拿个罐儿去要饭用，他从不要钱。有人也留在这里，向他学艺，挖泥烧陶，像他当年一样。

又过许多年，外边的人不知这村子的村名，只知道这村子出产陶器，住着一些烧陶的人家。家家门口还放着一些小小的要饭用的陶罐，任由人拿。人们就叫这村子"罐儿庄"，或"罐子庄"。一个秀才听了，改了一个字，叫"贯儿庄"。这个字改得好，从此这小村就有了大名。

《醒俗画报》图画

掘地得金

掘地得金

章邱西南西坞邨庄東王皇山，此两月以来，後閒秋光如有烦，大月二十四日诚莊王吉，令三子桂莊東掘立城有尺餘，一锄钓出黄金三塊，状如鞋底，每手三指于背手重当有，篆字每塊八两，锄傷一指，高懷有上两懷壽傷去之堂，指燃美能得日作赵金店，换银寳先爛烂大憲壹諴，当不知其為何物然亦有矣。

羅羅鍋

人走路不能没鞋，鞋穿久了坏了，就得买双新鞋换上，所以鞋匠不会饿肚子。这话也对也不对，这要看给谁做的鞋。一般人穿鞋当然要买，穷人的鞋多半自己做。罗罗锅的鞋是卖给一般人的鞋，但不包括富人。

罗罗锅家住城东，在南斜街摆摊，世代做鞋修鞋补鞋，洒鞋尤其做得好，远近有点名气。虽说洒鞋大路货，但他用青色小标布做面，鞋帮结实，白色千层布纳底，浸过桐油再纳，不怕水，还有软硬劲儿，走起路来跟脚。鞋脸上有两条羊皮梁，既防碰撞，又精神好看。不管嘛样的脚——肥脚、瘦脚、鸡爪、鸭掌、猪蹄子，往鞋里头一蹬，那舒服劲儿就别提了。

罗罗锅的爷爷把这门手艺传给他爹，他爹把手艺原原本本传给他。手艺是手艺人的命根子。还好，罗家几代人都是独生子，一路单传下来。千顷地，一根苗。人单传，手艺也单传，用不着再愁什么"传内不传外"了。

罗罗锅天生罗锅，从背影看不见脑袋，站在那儿像个立着的羹匙。可是这身子却正好干鞋匠。他爹年轻时原本腰板挺直，干了一辈子鞋匠，总窝着身子做鞋，老了也变成罗锅。他姓罗，人罗锅，天津卫在市面上混的人多有个"号"，人就给他一个好玩的号，叫罗罗锅。罗罗锅人性好，小孩叫他罗罗锅，他就一笑，不认为人是骂他。

从嘉庆年间，罗家的鞋摊就摆南斜街慈航院的墙根下，经过道光、咸丰、同治几朝，直到现今的光绪，还摆在那儿。一个小架子上，摆着大中小号三种鞋，摆的都是单只，你试好这只，他再拿出那只给你试。南斜街上人杂，怕叫人拿去。他腰上系一条褐色的围裙，坐在一个小马扎上，卖鞋也修鞋。南斜街东西几个大庙，香客往来；北边隔一条街就是白河，河边全是装货卸货的船，脚夫成群。他不愁没人来修鞋买鞋。可是，他从这些穷人手里能赚到多少钱？一个铜子还要掰成两半花呢。可是富贵的人谁会来买他的鞋？

一天，他想起祖辈曾经有一种洒鞋，专做给富人穿。样子特绝，用料讲究，做工奇绝，是他罗家的独门技艺。这鞋叫作鹰嘴鞋，不过他打小也没见过。据说他爷爷把这鞋的做法传给了他爹，为嘛从来也没见他爹做过这鹰嘴洒鞋就不知道了，只记得他爹说过一句"有钱的人不好伺候"，而且他爹也没把这鞋的做法传给他。现在他爹他娘全不在了，谁还知道鹰嘴鞋是嘛模样。

罗罗锅总琢磨这事。一天忽想起他娘留下一个装破烂杂物的小箱子，一直扔在柴房里，扒出来一看，居然有个小包袱，解开再瞧，竟然就是他要找的东西，是不是祖先显灵了？这东西扔了许多年了，怎么没叫老鼠啃了？里边花花绿绿，不仅有各种鞋样子、绣花粉稿、布缎小料、锥子顶针、针头线脑，居然还有一双完完整整让他喊绝的鹰嘴鞋！这还不算，还有一对做鞋必用的光溜溜山毛榉的鞋楦呢！这是爹妈刻意留给他的一条生路吗？再细瞧，鞋楦底子上工工整整刻着五个楷体字：刘记鞋楦店。他知道这家店是乾隆年间城里的一家老店，原在鼓楼东。店主是刘杏林，木雕名家，能把一块木头刻出一个神仙世界，八大家的隔扇和挂在墙上的花鸟屏风都请他刻。刘杏林人早没了，老店也早没了，可是这木刻的鞋楦像活人的脚，活灵灵，好赛能动，叫他看到了先人的厉害。更叫他叹为观止的是这双鹰嘴洒鞋，这是他爹还是他爷爷的手艺？细品这双鞋的用料、配色、做工、针法，叫他傻了眼。他想，人愈将就穷就愈穷，为嘛不试一把拼一把？于是他把自己关在家七七四十九天，几成几败，用尽了心血心思心力，还有一辈子做鞋的功力，终于把先人的鹰嘴洒鞋一点点复活了。尤其鞋子前边那个挡土又盖脚面的"鹰嘴"，叫他翻过来倒过去做了十八遍，才做出神气来。他这才明白，先人的本事不在样子上，都在神气上。

等到他把这双鹰嘴洒鞋往南斜街上一摆，惊住了东来西往的人。有人问他：

"这鞋是打租界那边弄来的吗？"

有人问价钱，有人出高价要买，出的价钱高出市面上一双好鞋的三四倍。但罗罗锅不卖。他没卖过鹰嘴鞋，不知道该嘛价；再有就是他舍不得卖，害怕卖了，手里这东西就没了。

这样一连三天，每天早早晚晚鞋摊前都聚着一些人。很快就有从城里闻名而来的了。

到了第五天，忽有一行人从天后宫那边过来。这行人里肯定是有一位大官。旗罗伞盖，衙役兵弁，前呼后拥，中间一顶八抬绿呢大轿，不知是谁。以前见过府县大人出行，也没这么大的架势。一准是个大官。

待这行人马走过眼前时，忽然停住，轿帘一掀，走下一个人。瘦高的个子，气质不凡，带着一股威风与霸气，竟然朝自己走来。他觉得好像过来一只老虎。

他想跑，但两条腿打哆嗦，迈不开步了。

这人已走到面前，对他说：

"我远远就瞧你这双鞋做得不凡，拿过来叫我试试。"

说话的嗓门带着喉音，很厚重，而且语气威严，叫人不得不从。

罗罗锅赶忙取了鹰嘴洒鞋往这大官脚前一摆。马上三个差役上来，两个左右搀着大官，一个半跪下身给大官脱鞋、穿鞋，一边还说："请中堂大人站稳。"

罗罗锅听了差点吓晕，竟然是李中堂！只见李中堂把脚往鞋里一伸，跟着情不自禁地说："真舒服，踩进云彩里边了。"

罗罗锅吓得脑袋一直扎在怀里，不敢抬头不敢看，只听李中堂的声音："这鞋好像就是为我做的。"

说完，中堂大人穿着他的鞋转身就走。

等到开道锣哐哐再响起来，抬头看，中堂大人的人马轿子早往西走了，一直拐出街去，罗罗锅还傻站着。

中堂大人走了，他那双鹰嘴鞋也没了。

在街对面开古董店的吴掌柜过来，笑嘻嘻对他说："中堂大人喜欢你的鞋，这回该你发了！"

罗罗锅说："发嘛，鞋穿走了，也没给钱。"

吴掌柜笑道："中堂大人穿鞋，嘛时候花过钱？可你这鞋叫中堂大人穿上了，还不发？"

罗罗锅说："怎么发？"

吴掌柜索性哈哈笑起来，说："还问怎么发，什么也不用干就发了。赶紧回家去做这种鞋，多做几双摆在这儿，这回你要多高的价钱都有人买了。"

罗罗锅不明白。

吴掌柜说："你在天津这么多年还不明白这道理。做东西的不如卖东西的赚钱。不论嘛东西，没名分，不值钱；沾上名分，就有钱赚了。我若是不说我腰上这玉件是老佛爷当年丢在避暑山庄的，谁买？不就是块破石头吗？现在你的鞋要卖高价，不是你做得好，是中堂大人穿在脚上了。"

罗罗锅将信将疑，回去叫老婆、小姨子一起上手，赶出来几双，拿出来一摆，当天抢光！这几双鞋卖的钱，顶他一年摆摊赚的钱。原来这时候整个天津卫全知道中堂大人喜欢上他的鹰嘴鞋了！一时买鞋来的人太多，做不过来，只能预订。预订鹰嘴鞋最多的人是大小官员们。大人喜欢，小人要更喜欢才行。

一年后，罗罗锅不在南斜街风吹日晒地摆鞋摊了。他在东门里临街买房开店。房子门脸不大，纵深几间，后边还有个小院，正好前店后坊，他一家人也住在那儿，取名"罗家鞋铺"。从地摊一下子到店铺，还自豪地以罗姓为号，也算光宗耀祖了。有位高人对他说："你这鞋得有个俏皮的名字，既留下中堂大人的故事，又不能直接用中堂大人的名义，我给你起一个鞋名，叫'贵人鞋'吧。"

这鞋名起得好，好叫又好听，抬了买鞋人的身份，还暗含着中堂大人，绝了！一下子"贵人鞋"就叫响了，卖得一直好。直到光绪二十七年中堂大人病故之后，卖得依然不错。

是亦仁政

文安霸州近日盗匪丛生，甚至居民有不安枕者，詐经捕营楼都我饬派头等弁兵刘虎门刀永葡现社

北洋学界六月
初七日午後一鐘為
會議籌期之期
事做天津共報代
開會自由各學堂代
表演說次來實演
說由照報館主筆
郭忠養田演說
科是日来會之學
生約有數十人
之多載中國海軍
前途骨在於是、
吾不禁拭目望之、

学生爱国

跋
语

关于本书有几句话，别处不好说，只有放在这里。一是要说明一下这个版本，二是向为我题写书名和篇名的孙伯翔先生道谢。

自打《俗世奇人》一本本写出来，即以两种版本问世。一种是合集，一集集往上加，故有足本、全本、增补本之说。另一种是每写完一本，出一本，以数字标明集数，本书为第四集。

这两种版本还有不同之处。比方，前一种版本的插图皆为我手绘，后一种版本的插图则取自清末民初天津本地的石印画报《醒华》。我珍存不少《醒华》。它饱含着那个时代独有的生活情味与时代韵致，与我的小说"气味相投"。在书中加入几页《醒华》，是为了增添时代氛围。此外，另一个非同寻常之处，即书名和篇名都是请大书法家孙伯翔先生来题写。

　　我与孙先生同在天津，相识于上世纪八十年代，关系甚好。他曾为我写了我家族代代相传的一副对联"大树将军后，凌云学士家"，雄强劲健，韵致醇厚，至今与我几幅明代的祖先画像悬于一壁。他年长我八岁，我喜欢他为人的敦厚谦和、待人诚恳，更钦佩他书法中碑学的造诣。既具古意，又富创新；方峻挺拔，清新灵动，常常平中求奇，时亦险中弄趣，字字皆有神采。有人说他扼守书法史的主流，却关注和吸取各种以刀代笔小石刻的奇神异彩，不知这话他以为然否？我还从他的书法中感受到一种特别的笔墨精神，这精神来自我与他共同的地域文化。这也是我请他为我题写《俗世奇人》书名与篇名的原因。

　　我未曾把这层意思告诉他，他却欣然应允了我，很快题写了出来。待书印出，人人喜欢，喜欢他字的风格、气质、神态、意趣、味道、性情。他的字独步书坛。

　　可是，谁想《俗世奇人》的写作叫我上了瘾，而且每过几年就犯一次瘾，又写一本，这便有了《俗世奇人》（贰）和《俗世奇人》（叁）。出版时，我不愿意更换题字，便硬着头皮，托友人一再去求他。每次他都用不多时，即把字写好，钤印，给我。我每次拿到题字都心生感激，并想不会再麻烦他了。谁知今年又冒出了续书津门奇人的冲动，一口气写了十八篇，临到出书，又要题字，又非他的字不可，怎么办？我不忍心再去烦他。他年事已高，事情又多。以他当今在书坛中极高的成就，天天都被索字者相围相拥吧。于是我对出版社编辑说，绝不能再去叨扰他了。这就难住了编辑，逼得她们设法集字，却集不好；找人模仿，又无人能仿。

然而编辑们的韧劲和钻劲叫我佩服，她们四处寻觅，居然托人联系到了孙伯翔先生，而且不久就拿到了孙先生新题写的《俗世奇人》（肆）的全部篇名。随即微信发来，幅幅清透，字字珠玑，神采飞扬，好像我笔下的人物全站到了眼前。有了这题字，新书才算完整，对读者才算有了一个美好的交代。

可是孙先生何以这般厚待于我？

我和孙先生相识时，年纪还在四五十岁，都还算年轻。谁想我这本小说集不断续写，至今已四集，前后竟然三十载，中间还跨了世纪。如今我已八十叟，孙先生乃是米寿翁。我们虽同住一城，平日相见不多，然而一本书、一些字，却牵住我们，生出了这样多的情意。原来人间的许多美好是在笔墨之中啊。

2022.10

《醒俗画报》（插图解释）

清代末期，上海和天津等一些大城市，一方面随着城市化的进程加快，一方面缘自西方印刷术的传入，现代媒体油然而生。与文字媒体一先一后进入社会的是大众化的石印画报。

上海最出名的是《点石斋画报》，天津百姓喜闻乐见的是《醒俗画报》。说起"醒俗"，就要提到当时的社会。由于政治的软弱，世风萎靡，外侮日切，一些有责任感的文化人便站出来，或兴办教育，或立坛宣讲，或创办报刊，主张铲除社会陋习与种种痼疾，开启民智，振兴中华。在这样的背景下，就不难看出《醒俗画报》中"醒俗"二字的立意了，那便是要把民众从习惯而不自觉的种种陋习中唤醒，承担起共同兴国的重任。

《醒俗画报》和上海的《点石斋画报》，都创办于光绪年间，也同样使用单面有光的粉画纸和当时先进的石印技术，方形开本，每本十张折叠页，每页两面印刷，凡二十图，十天一期。刊物一开始就有鲜明特色。它面向大众，内容全是图画新闻，大至时政要事，小到市井信息；识字者看字，不识字者看图，很像大本的"小人书"，物美而价廉，一时颇受欢迎。故而很快就改为五天一期，一月六期。

　　《醒俗画报》的主办者是几位新学的倡办者。社址设在西北城角自来水公司旁一座小楼内，后迁到城内广东会馆附近的平房里，条件简陋，但主笔却是津门一位知名的文化人陆辛农先生。

　　陆先生个子不高，为人爽利，能书善画，喜欢植物学和制作标本，精于小写意花卉。记得我年轻时在国画研究会工作，见过他几次。他年事虽高，却说话朗朗有声，十分健谈，喜欢开怀大笑。他对津门掌故知之颇多，常在报端发表文章，笔名"老辛"。文章中怀古论今，总是包含许多珍贵的史料细节，观点也很开放，他属于那个时代的开明人士。因而他主编的《醒俗画报》，自然是内容鲜活、视野开阔了。

　　《醒俗画报》还邀请一位名叫陈懿（字恭甫）的画家作图。陈先生是一位市井名家，善画时装人物。这在当时充斥古装仕女和山水花鸟的画坛上是很难得的。陈恭甫的画很写实。他虽然不像上海吴友如那样精工细致，却密切配合新闻，画得很快，半工半写，但极有生活气息。在今天看来，画中许多场面，都是今日再难见到的历史生活的图景。

　　《醒俗画报》具有很强的批评性，这是上海的《点石斋画报》所不具备的。它始自创刊，每期封面都是一幅"讽画"。用辛辣而幽默的笔法，鞭挞丑恶，抨击时弊，特别是直接针砭官场的种种腐败，在当时是颇需要勇气和胆量的。这些直接介入生活与现实的办刊方针，贴近了百姓的所思所想，自然受到世人的欢迎。尤其当时"漫画"一词尚未流行，讽画应是最具时代精神的新型画种。

　　也正为此，《醒俗画报》经历了一次很大的挫折。

　　1906 年初夏，庆亲王之子载振赴黑龙江视察而途经津门，天津南段警察局长段芝贵为了谋求黑龙江巡抚职务，用巨金买伶人杨翠喜向载振行贿。这桩"美人贿赂案"惊爆于世后，津门画家张瘦虎画了一幅讽画名为《升